GRöLS Verlage

„Bücher sind wie Fallschirme. Sie nützen uns nichts, wenn wir sie nicht öffnen."

Gröls Verlag

Redaktionelle Hinweise und Impressum

Das vorliegende Werk wurde zugunsten der Authentizität sehr zurückhaltend bearbeitet. So wurden etwa ursprüngliche Rechtschreibfehler regelmäßig *nicht* behoben, denn kleine Unvollkommenheiten machen das Buch – wie im Übrigen den Menschen – erst authentisch. Mitunter wurden jedoch zum Beispiel Absätze behutsam neu getrennt, um den Lesefluss zu erleichtern.

Um die Texte zu rekonstruieren, werden antiquarische Bücher von Lesegeräten gescannt und dann durch eine Software lesbar gemacht. Der so entstandene Text wird von Menschen gegengelesen und korrigiert – hierbei treten auch Fehler auf. Wenn Sie ebenfalls antiquarische Texte einreichen möchten, finden Sie weitere Informationen auf www.groels.de

Viel Freude bei der Lektüre wünscht Ihnen das Team des Gröls-Verlags.

Adressen

Verleger: Hermann-Josef Gröls,

Im Borngrund 26, 61440 Oberursel

Externer Dienstleister für Distribution & Herstellung:

BoD, In de Tarpen 42, 22848 Norderstedt

Unsere „Edition | Werke der Weltliteratur“ hat den Anspruch, eine der größten und vollständigsten Sammlungen klassischer Literatur in deutscher Sprache zu werden. Nach und nach versammeln wir hier nicht nur die „üblichen Verdächtigen“ von Goethe bis Schiller, sondern auch Kleinode der vergangenen Jahrhunderte, die – zu Unrecht – drohen, in Vergessenheit zu geraten. Wir kultivieren und kuratieren damit einen der wertvollsten Bereiche der abendländischen Kultur. Kleine Auswahl:

Francis Bacon • Neues Organon • **Balzac** • Glanz und Elend der Kurtisanen • **Joachim H. Campe** • Robinson der Jüngere • **Dante Alighieri** • Die Göttliche Komödie • **Daniel Defoe** • Robinson Crusoe • **Charles Dickens** • Oliver Twist • **Denis Diderot** • Jacques der Fatalist • **Fjodor Dostojewski** • Schuld und Sühne • **Arthur Conan Doyle** • Der Hund von Baskerville • **Marie von Ebner-Eschenbach** • Das Gemeindekind • **Elisabeth von Österreich** • Das Poetische Tagebuch • **Friedrich Engels** • Die Lage der arbeitenden Klasse • **Ludwig Feuerbach** • Das Wesen des Christentums • **Johann G. Fichte** • Reden an die deutsche Nation • **Fitzgerald** • Zärtlich ist die Nacht • **Flaubert** • Madame Bovary • **Gorch Fock** • Seefahrt ist not! • **Theodor Fontane** • Effi Briest • **Robert Musil** • Über die Dummheit • **Edgar Wallace** • Der Frosch mit der Maske • **Jakob Wassermann** • Der Fall Maurizius • **Oscar Wilde** • Das Bildnis des Dorian Grey • **Émile Zola** • Germinal • **Stefan Zweig** • Schachnovelle • **Hugo von Hofmannsthal** • Der Tor und der Tod • **Anton Tschechow** • Ein Heiratsantrag • **Arthur Schnitzler** • Reigen • **Friedrich Schiller** • Kabale und Liebe • **Nicolo Machiavelli** • Der Fürst • **Gotthold E. Lessing** • Nathan der Weise • **Augustinus** • Die Bekenntnisse des heiligen Augustinus • **Marcus Aurelius** • Selbstbetrachtungen • **Charles Baudelaire** • Die Blumen des Bösen • **Harriett Stowe** • Onkel Toms Hütte • **Walter Benjamin** • Deutsche Menschen • **Hugo Bettauer** • Die Stadt ohne Juden • **Lewis Caroll** • *und viele mehr….*

Inhalt

Walter Benjamin
Der Begriff der Kunstkritik in der deutschen Romantik

Meinen Eltern

Vor allem ... sollte der Analytiker untersuchen, oder vielmehr sein Augenmerk dahin richten, ob er denn wirklich mit einer geheimnisvollen Synthese zu tun habe, oder ob das, womit er sich beschäftigt, nur eine Aggregation sei, ein Nebeneinander, ... oder wie das alles modifiziert werden könnte.

Goethe, WA II. Abt. II. Bd., 72.

Einleitung

I. Einschränkungen der Fragestellung

Die vorliegende Arbeit ist als Beitrag zu einer problemgeschichtlichen Untersuchung gedacht, die den Begriff der Kunstkritik in seinen Wandlungen darzustellen hätte. Unleugbar ist eine solche Untersuchung der Geschichte des Begriffs der Kunstkritik etwas ganz anderes als eine Geschichte der Kunstkritik selbst; sie ist eine philosophische, genauer gesagt eine problemgeschichtliche Aufgabe. Zu deren Lösung kann das Kommende nur ein Beitrag sein, weil es nicht den problemgeschichtlichen Zusammenhang, sondern nur ein Moment aus demselben, den romantischen Begriff der Kunstkritik, darstellt.

Den größeren problemgeschichtlichen Zusammenhang, in dem dieses Moment steht und in dem es eine hervorragende Stelle einnimmt, wird diese Arbeit erst am Schluß zu einem Teil anzudeuten suchen.

Eine Begriffsbestimmung der Kunstkritik wird man sich ohne erkenntnistheoretische Voraussetzungen ebenso wenig wie ohne ästhetische denken können; nicht nur weil die letzten die ersten implizieren, sondern vor allem weil die Kritik ein erkennendes Moment enthält, mag man sie übrigens für reine oder mit Wertungen verbundene Erkenntnis halten. So ist denn auch die romantische Begriffsbestimmung der Kunstkritik durchaus auf erkenntnistheoretischen Voraussetzungen aufgebaut, womit selbstverständlich nicht gemeint sein kann, die Romantiker hätten den Begriff bewußt aus ihnen gewonnen. Der Begriff als solcher aber besteht, wie letzten Endes jeder Begriff, der mit Grund so bezeichnet wird, auf erkenntnistheoretischen Voraussetzungen. Sie werden daher im folgenden zuerst darzustellen und niemals aus den Augen zu verlieren sein. Zugleich richtet sich die Arbeit auf sie als auf systematisch faßbare Momente im romantischen Denken, welche sie in höherem Maß und höherer Bedeutung aufweisen möchte, als man sie in ihm gemeinhin vermutet.

Es ist kaum nötig, das folgende als eine problemgeschichtliche und als solche gewiß systematisch orientierte Untersuchung gegen eine rein systematische über den Begriff der Kunstkritik schlechthin abzugrenzen. Nötiger dagegen mögen zwei andere Grenzbestimmungen sein: der philosophiegeschichtlichen und der geschichtsphilosophischen Fragestellung gegenüber. Nur im uneigentlichsten Sinne dürfte man problemgeschichtliche Untersuchungen philosophiegeschichtliche im engeren Sinn nennen, mögen auch in gewissen Einzelfällen die Grenzen sich notwendig verwischen. Denn es ist zum mindesten eine metaphysische Hypothese, daß das Ganze der eigentlichen Philosophiegeschichte zugleich und ipso facto die Entwicklung eines einzigen Problems sei. Daß die problemgeschichtliche mit der philosophiegeschichtlichen Darstellung gegenständlich mannigfach verflochten ist, ist selbstverständlich; vorauszusetzen, daß sie es auch methodisch sei, bedeutet eine Grenzverschiebung. – Da diese Arbeit von der Romantik handelt, ist eine weitere Abgrenzung unentbehrlich. Es wird in ihr nicht der oft mit unzureichenden Mitteln unternommene Versuch gemacht, das historische Wesen der Romantik darzustellen; mit anderen Worten: die geschichtsphilosophische Fragestellung bleibt aus dem Spiel. Trotzdem werden die folgenden Aufstellungen, besonders hinsichtlich der eigentümlichen Systematik von Friedrich Schlegels Denken und der frühromantischen Idee der Kunst, auch für eine Wesensbestimmung Materialien – nicht aber den Gesichtspunkt – beibringen.

Den Terminus „Kritik“ gebrauchen die Romantiker in mannigfachen Bedeutungen. Im folgenden handelt es sich um die Kritik als Kunstkritik, nicht als erkenntnistheoretische Methode und philosophischen Standpunkt. Zu dieser letzten Bedeutung ist damals, wie noch gezeigt werden soll, das Wort im Anschluß an Kant erhoben worden, als esoterischer Terminus für den unvergleichlichen und vollendeten philosophischen Standpunkt; im allgemeinen Sprachgebrauch hat es sich aber allein im Sinn der gegründeten Beurteilung durchgesetzt. Vielleicht nicht ohne den Einfluß der Romantik, denn die Begründung der Kritik der Kunstwerke, nicht eines philosophischen Kritizismus, ist eine ihrer bleibenden Leistungen gewesen. Wie der Begriff der Kritik im genaueren nicht weiter erörtert wird, als sein Zusammenhang mit der Kunsttheorie es mit sich führt, so soll ihrerseits die romantische Kunsttheorie nur verfolgt werden, soweit sie für die Darstellung jenes Kritikbegriffs wichtig ist. Das bedeutet eine sehr wesentliche Einschränkung des Stoffkreises: die Theorien vom künstlerischen Bewußtsein und vom künstlerischen Schaffen, die kunstpsychologischen Fragestellungen fallen fort und es bleiben von der Kunsttheorie allein die Begriffe der Idee der Kunst und des Kunstwerks im Gesichtskreis der Betrachtung. Die objektive Begründung des Begriffs der Kunstkritik, die Friedrich Schlegel gibt, hat es nur mit der objektiven Struktur der Kunst – als Idee, und ihrer Gebilde – als Werke, zu tun. Übrigens denkt er, wenn er von Kunst spricht, vor allem an die Poesie, andere Künste haben ihn in der hier in Frage kommenden Zeit fast nur mit Rücksicht auf diese beschäftigt. Ihre Grundgesetzlichkeit galt ihm höchstwahrscheinlich für diejenige aller Kunst, sofern ihn das Problem überhaupt beschäftigt hat. In diesem Sinn wird im folgenden unter dem Ausdruck „Kunst" stets die Poesie, und zwar in ihrer zentralen Stellung unter den Künsten, unter dem Ausdruck „Kunstwerk" die einzelne Dichtung verstanden werden. Es würde ein falsches Bild geben, wollte diese Arbeit in ihrem Rahmen dieser

Äquivokation abhelfen, denn sie bezeichnet einen grundsätzlichen Mangel in der romantischen Theorie der Poesie, bzw. der Kunst überhaupt. Beide Begriffe sind nur undeutlich voneinander unterschieden, geschweige denn aneinander orientiert, so daß keine Erkenntnis von der Eigenart und den Grenzen des poetischen Ausdrucks gegenüber demjenigen anderer Künste sich bilden konnte.

Die Kunsturteile der Romantiker als literargeschichtliche Fakten interessieren in diesem Zusammenhang nicht. Denn die romantische Theorie der Kunstkritik soll nicht der Praxis, etwa dem Verfahren A. W. Schlegels, entnommen, sondern nach den romantischen Theoretikern der Kunst systematisch dargestellt werden. A. W. Schlegels kritische Tätigkeit hat in ihrer Methode wenig Beziehungen zu dem Begriff der Kritik, den sein Bruder gefaßt hatte, und mit dem er eben in die Methode, nicht wie A. W. Schlegel in die Maßstäbe, ihren Schwerpunkt verlegte. Aber Friedrich Schlegel selbst hat seinem Ideal der Kritik nur in jener Rezension des „Wilhelm Meister" völlig entsprochen, die ebensosehr Theorie der Kritik wie Kritik des Goetheschen Romans ist.

II. Die Quellen

Als die romantische Theorie der Kunstkritik wird im folgenden diejenige Friedrich Schlegels dargestellt. Das Recht, diese Theorie als die romantische zu bezeichnen, beruht auf ihrem repräsentativen Charakter. Nicht daß alle Frühromantiker sich mit ihr einverstanden erklärt oder auch nur von ihr Notiz genommen hätten: Friedrich Schlegel ist auch seinen Freunden oft unverständlich geblieben. Aber seine Anschauung vom Wesen der Kunstkritik ist das Wort der Schule darüber. Er hat diesen Gegenstand als problematischen und philosophischen zu seinem eigensten gemacht – wenn auch gewiß nicht zu seinem einzigen. Für A. W. Schlegel war Kunstkritik kein philosophisches Problem. Neben Friedrich Schlegels Schriften kommen als Quellenschriften im engeren Sinne für diese Darstellung allein diejenigen des Novalis in Betracht, während die früheren Schriften Fichtes nicht für den romantischen Begriff der Kunstkritik selbst, sondern nur für sein Verständnis unentbehrliche Quellen darstellen. Die Heranziehung der Schriften des Novalis zu denen Schlegels rechtfertigt sich durch die völlige Einhelligkeit beider hinsichtlich der Prämissen und der Folgerungen aus der Theorie der Kunstkritik. Das Problem selbst hat Novalis weniger interessiert, aber die erkenntnistheoretischen Voraussetzungen, auf Grund deren Schlegel es behandelte, teilte er mit ihm, und mit ihm vertrat er die Konsequenzen dieser Theorie für die Kunst. In Form einer eigentümlichen Erkenntnismystik und einer bedeutenden Theorie der Prosa hat er beide manchmal schärfer und aufschlußreicher formuliert als sein Freund. Zwanzigjährig, im Jahre 1792, haben die beiden gleichaltrigen Freunde einander kennen gelernt und seit dem Jahre 1797 im regsten brieflichen Verkehr gestanden, in dem sie sich auch ihre Arbeiten mitteilten. Diese enge Gemeinschaft macht die Untersuchung der wechselseitigen Einflüsse großenteils unmöglich; für die vorliegende Fragestellung ist sie vollends entbehrlich.

Höchst schätzbar ist die Zeugenschaft des Novalis auch darum, weil die Darstellung Friedrich Schlegel gegenüber sich in einer schwierigen Lage befindet. Seine Theorie der Kunst, geschweige ihrer Kritik, ist auf das entschiedenste auf erkenntnistheoretischen Voraussetzungen fundiert, ohne deren Kenntnis sie unverständlich bleibt. Dem steht gegenüber, daß Friedrich Schlegel vor und um 1800, als er seine Arbeiten im „Athenäum", welche die Hauptquelle dieser Abhandlung bilden, veröffentlichte, kein philosophisches System niedergelegt hat, in dem allein man eine bündige erkenntnistheoretische Auseinandersetzung erwarten könnte. Vielmehr sind die erkenntnistheoretischen Voraussetzungen in den Fragmenten und Abhandlungen des Athenäums aufs engste in den außerlogischen, ästhetischen Bestimmungen gebunden und nur schwer von ihnen loszulösen und gesondert darzustellen. Schlegel kann, wenigstens in dieser Zeit, keinen Gedanken fassen, ohne das Ganze seines Denkens und seiner Ideen in schwerfällige Bewegung zu versetzen. Diese Kompression und Gebundenheit der erkenntnistheoretischen Ansichten im Ganzen von Schlegels Gedankenmasse und ihre Paradoxie und Kühnheit mögen sich gegenseitig gesteigert haben. Für das Verständnis des Kritikbegriffs ist die Explikation und Isolierung, die reine Darstellung jener Erkenntnistheorie unerläßlich. Ihr ist der erste Teil dieser Arbeit gewidmet. So schwierig sie auch sein mag, fehlt es dennoch nicht an Instanzen, an denen das gewonnene Resultat sich bestätigen muß. Will man von dem immanenten Kriterium absehen, daß die Ausführungen zur Theorie der Kunst und ihrer Kritik ohne jene erkenntnistheoretischen Voraussetzungen den Anschein ihrer

Dunkelheit und Willkür schlechterdings nicht verlieren, so bleiben als zweites die Fragmente des Novalis, auf dessen erkenntnistheoretischen Grundbegriff der Reflexion die Schlegelsche Erkenntnistheorie gemäß der allgemeinen höchst ausgesprochenen Ideenverwandtschaft beider Denker zwanglos sich muß beziehen lassen, wie denn in der Tat die genauere Betrachtung lehrt, daß sie sich mit ihm deckt. Glücklicherweise aber ist die Erforschung von Schlegels Erkenntnistheorie nicht allein und in erster Linie auf seine Fragmente angewiesen; sie verfügt über eine breitere Grundlage. Dies sind die nach ihrem Herausgeber so genannten Windischmannschen Vorlesungen Friedrich Schlegels. Diese Vorlesungen, gehalten zu Paris und Köln in den Jahren 1804 bis 1806, nehmen, zwar völlig beherrscht von den Ideen der katholischen Restaurationsphilosophie, diejenigen Gedankenmotive auf, welche ihr Verfasser aus dem Verfall der Schule in seine spätere Lebensarbeit hinüberrettete. Die Hauptmasse der Gedanken in diesen Vorlesungen ist bei Schlegel neu, wenn auch nichts weniger als originell. Überwunden scheinen ihm seine ehemaligen Aussprüche über Humanität, Ethik und Kunst. Aber die erkenntnistheoretische Einstellung der vergangenen Jahre tritt hier zum ersten Male deutlich, wenn auch modifiziert, in Erscheinung. Bis in die zweite Hälfte der neunziger Jahre des achtzehnten Jahrhunderts ist der Reflexionsbegriff, der auch Schlegels erkenntnistheoretische Grundkonzeption ist, in seinen Schriften zurückzuverfolgen, aber in der Fülle seiner Bestimmungen erscheint er zum ersten Male in den Vorlesungen explizit entwickelt. In ihnen wollte Schlegel ausdrücklich ein System geben, in dem die Erkenntnistheorie nicht fehlt. Es ist nicht zuviel gesagt, wenn man behauptet, daß gerade diese erkenntnistheoretischen Grundpositionen die statische, positive Komponente der Beziehung zwischen dem mittleren und späteren Schlegel darstellen – wobei man sich die innere Dialektik seiner Entwicklung als die dynamische, negative Komponente zu denken hätte. Sie sind, wie für Schlegels eigene Entwicklung, so überhaupt für den Übergang der früheren zur späteren Romantik wichtig. Übrigens können und wollen die folgenden Ausführungen von den Windischmannschen Vorlesungen als Ganzem kein Bild geben, sondern nur einen ihrer Gedankenkreise berücksichtigen, der für den ersten Teil dieser Arbeit wichtig ist. Diese Vorlesungen stehen damit zum Ganzen der Darstellung im gleichen Verhältnis wie die Fichteschen Schriften, im Zusammenhang, mit welchen sie behandelt werden. Beides sind Quellenschriften zweiten Ranges, sie dienen dem Verständnis der Hauptquellen, derjenigen Schlegelschen Arbeiten im „Lyceum“, „Athenäum“, in den „Charakteristiken und Kritiken“, sowie derjenigen Fragmente des Novalis, welche unmittelbar den Begriff der Kunstkritik bestimmen. Schlegels frühe Schriften zur Poesie der Griechen und Römer werden in diesem Zusammenhang, der nicht das Werden seines Begriffs der Kunstkritik, sondern diesen selbst darstellt, nur gelegentlich berührt.

Erster Teil. Die Reflexion

I. Reflexion und Setzung bei Fichte

Das im Selbstbewußtsein über sich selbst reflektierende Denken ist die Grundtatsache, von der Friedrich Schlegels und größtenteils auch Novalis' erkenntnistheoretische Überlegungen ausgehen. Die in der Reflexion vorliegende Beziehung des Denkens auf sich selbst wird als die dem Denken überhaupt nächstliegende angesehen, aus ihr werden alle andern entwickelt. Schlegel sagt einmal in der „Lucinde“: „Das Denken hat die Eigenheit, daß es nächst sich selbst am liebsten über das denkt, worüber es ohne Ende denken kann“. Dabei ist zugleich verstanden, daß das Denken am allerwenigsten im Nachdenken über sich selbst ein Ende finden könne. Die Reflexion ist der häufigste Typus im Denken der Frühromantiker; auf Belegstellen für diesen Satz heißt auf ihre Fragmente verweisen. Nachahmung, Manier und Stil, drei Formen, die sich sehr wohl auf das romantische Denken anwenden lassen, finden sich im Reflexionsbegriff ausgeprägt. Bald ist er Nachahmung Fichtes (wie vor allem beim frühen Novalis), bald Manier (z.B. wenn Schlegel an sein Publikum die Zumutung richtet „das Verstehen zu verstehen“), vor allem aber ist Reflexion der Stil des Denkens, in dem die Frühromantiker ihre tiefsten Einsichten nicht willkürlich, sondern mit Notwendigkeit aussprechen. Der „romantische Geist scheint angenehm über sich selbst zu phantasieren“, sagt Schlegel von Tiecks „Sternbald“, und er tut es nicht nur in den frühromantischen Kunstwerken, sondern, wenngleich strenger und abstrakter, auch, und vor allem, im frühromantischen Denken. In einem in der Tat phantastischen Fragment sucht Novalis das gesamte Erdendasein als Reflexion von Geistern in sich selbst, und den Menschen in diesem Erdenleben als teilweise Auflösung und „Durchbrechen jener primitiven Reflexion" zu deuten. Und in den Windischmannschen Vorlesungen formuliert Schlegel jenes ihm längst bekannte Prinzip mit den Worten: „Das Vermögen der in sich zurückgehenden Tätigkeit, die Fähigkeit, das Ich des Ichs zu sein, ist das Denken. Dies Denken hat keinen anderen Gegenstand als uns selbst". Hiermit sind also Denken und Reflexion gleichgesetzt. Dies geschieht jedoch nicht allein, um dem Denken jene Unendlichkeit zu sichern, die in der Reflexion gegeben und ohne nähere Bestimmung, als Denken des Denkens über sich selbst, als fragwürdiger Wert erscheint. Vielmehr haben die Romantiker in der reflektierenden Natur des Denkens eine Bürgschaft für dessen intuitiven Charakter gesehen. Sobald die Geschichte der Philosophie in Kant, wenn auch nicht zum ersten Male, so doch explizit und nachdrücklich, zugleich mit der Denkmöglichkeit einer intellektuellen Anschauung ihre Unmöglichkeit im Bereich der Erfahrung behauptet hatte, tritt ein vielfältiges und beinahe fieberhaftes Bestreben hervor, diesen Begriff für die Philosophie als Garantie ihrer höchsten Ansprüche wieder zurückzugewinnen. Es ging von Fichte, Schlegel, Novalis und Schelling in erster Reihe aus.

Schon in seiner ersten Fassung der Wissenschaftslehre („Ueber den Begriff der Wissenschaftslehre oder der sogenannten Philosophie" Weimar 1794) dringt Fichte auf das wechselseitige Durch-Einander-Gegebensein von reflexivem Denken und unmittelbarer Erkenntnis. Er tut es mit voller Deutlichkeit der Sache nach, wenn sich auch der letztere Ausdruck in dieser Schrift noch nicht findet. Für den romantischen Reflexionsbegriff ist dies von großer Wichtigkeit. Es gilt hier dessen Beziehungen zum Fichteschen eingehend klarzulegen; daß er von diesem abhängig ist, steht fest, kann aber für den vorliegenden Zweck nicht genügen. Hier kommt es darauf an, genau zu vermerken, wieweit die Frühromantiker Fichte folgen, um deutlich zu erkennen, wo sie sich von ihm trennen. Jener Trennungsort läßt sich philosophisch festlegen, er kann nicht lediglich durch die Abwendung des Künstlers vom wissenschaftlichen Denker und Philosophen bezeichnet und begründet werden. Denn auch bei den Romantikern liegen philosophische, ja erkenntnistheoretische Motive dieser Trennung zugrunde; es sind eben dieselben, auf welche der Bau ihrer Theorie der Kunst und der Kritik fundiert ist.

In der Frage der unmittelbaren Erkenntnis läßt sich noch völlige Übereinstimmung der Frühromantiker mit Fichtes Position im „Begriff der Wissenschaftslehre“ feststellen. Er ist später von dieser Position abgewichen, und nie wieder hat er in so naher systematischer Verwandtschaft mit romantischem Denken gestanden, wie in dieser Schrift. In ihr bestimmt er die Reflexion als die einer Form und erweist auf diesem Wege die Unmittelbarkeit der in ihr gegebenen Erkenntnis. Sein Gedankengang dabei ist folgender: Die Wissenschaftslehre hat nicht nur Gehalt, sondern auch eine Form; sie ist „die Wissenschaft von etwas, nicht aber dieses Etwas selbst“. Das, wovon die Wissenschaftslehre Wissenschaft ist, ist die notwendige „Handlung der Intelligenz“, jene Handlung, die vor allem Gegenständlichen im Geiste, welche die reine Form von diesem ist. . „Hierin liegt nun der ganze Stoff einer möglichen Wissenschaftslehre, aber nicht diese Wissenschaft selbst. Um diese zustande zu bringen, dazu gehört noch eine, unter jenen Handlungen allen nicht enthaltene Handlung des menschlichen Geistes, nämlich die, seine Handlungsart überhaupt zum Bewußtsein zu erheben ... Durch diese freie Handlung wird nun etwas, das schon an sich Form ist, die notwendige Handlung der Intelligenz, als Gehalt in eine neue Form, die Form des Wissens oder des Bewußtseins aufgenommen, und demnach ist jene Handlung eine Handlung der Reflexion." Es wird also unter Reflexion das umformende – und nichts als umformende – Reflektieren auf eine Form verstanden. In anderem Zusammenhange, aber genau im gleichen Sinne formuliert Fichte vorher in derselben Schrift: Die "Handlung der Freiheit, durch welche die Form zur Form der Form als ihres Gehaltes wird und in sich selbst zurückkehrt, heißt Reflexion". Diese Bemerkung ist höchst beachtenswert. Offenbar handelt es sich in ihr um einen Versuch der Bestimmung und Legitimierung unmittelbarer Erkenntnis, der von deren späterer Begründung bei Fichte durch die intellektuelle Anschauung abweicht. Das Wort Anschauung findet sich in dieser Abhandlung noch nicht. Fichte meint also hier, eine unmittelbare und sichere Erkenntnis durch einen Zusammenhang zweier Bewußtseinsformen (der Form und der Form der Form oder des Wissens und des Wissens des Wissens), welche in einander übergehen und in sich selbst zurückkehren, begründen zu können. Das absolute Subjekt, auf welches allein die Handlung der Freiheit sich bezieht, ist Zentrum dieser Reflexion und daher unmittelbar zu erkennen. Nicht um die Erkenntnis eines Gegenstandes durch Anschauung, sondern um die Selbsterkenntnis einer Methode, eines Formalen – nichts anderes repräsentiert das absolute Subjekt – handelt es sich. Die Bewußtseinsformen in ihrem Übergang in einander sind der einzige Gegenstand der unmittelbaren Erkenntnis, und dieser Übergang ist die einzige Methode, welche jene Unmittelbarkeit zu begründen und begreiflich zu machen vermag. Diese Erkenntnistheorie mit ihrem radikalen mystischen Formalismus hat, wie sich zeigen wird, die tiefste Verwandtschaft mit der Kunsttheorie der Frühromantik. An ihr hielten die Frühromantiker fest, und sie bildeten sie weit über Fichtes Andeutungen hinaus aus, welcher seinerseits in den folgenden Schriften die Unmittelbarkeit der Erkenntnis auf ihre anschauliche Natur gründete.

Die Romantik gründete ihre Erkenntnistheorie auf den Reflexionsbegriff nicht allein, weil er die Unmittelbarkeit der Erkenntnis, sondern ebensosehr, weil er eine eigentümliche Unendlichkeit ihres Prozesses garantierte. Das reflektierende Denken gewann für sie vermöge seiner Unabschließbarkeit, in der es jede frühere Reflexion zum Gegenstand einer folgenden macht, eine besondere systematische Bedeutung. Auch Fichte hat auf diese auffallende Struktur des Denkens häufig hingewiesen. Seine Ansicht von derselben ist der romantischen entgegengesetzt und einerseits für deren indirekte Charakteristik wichtig, andererseits geeignet, die Ansicht von der durchgängigen Abhängigkeit frühromantischer philosophischer Theoreme von Fichte in ihre rechten Grenzen einzuschränken. Fichte ist überall bestrebt, die Unendlichkeit der Aktion des Ich aus dem Bereich der theoretischen Philosophie auszuschließen und in das der praktischen zu verweisen, während die Romantiker sie gerade für die theoretische und damit für ihre ganze Philosophie überhaupt – die praktische übrigens interessierte Friedrich Schlegel am wenigsten – konstitutiv zu machen suchen. Fichte kennt zwei dergestalt unendliche Aktionsweisen des Ich, nämlich außer der Reflexion noch das Setzen. Man kann die Fichtesche Tathandlung förmlich als eine Kombination dieser beiden unendlichen Aktionsweisen des Ich auffassen, in der sie ihre beiderseitige rein formale Natur, ihre Leerheit gegenseitig auszufüllen und zu bestimmen suchen: die Tathandlung ist eine setzende Reflexion oder ein reflektiertes Setzen, „... ein sich Setzen als setzend ... keineswegs aber etwa ein bloßes Setzen", formuliert Fichte. Beide Termini besagen etwas verschiedenes, beide sind von großer Wichtigkeit für die Geschichte der Philosophie. Während der Reflexionsbegriff zur Grundlage der frühromantischen Philosophie wird, erscheint – nicht ohne Beziehung auf den letzteren – der Begriff des Setzens in seiner vollen Ausgestaltung in der Hegelschen Dialektik. Es ist vielleicht nicht zuviel gesagt, wenn man behauptet, daß der dialektische Charakter des Setzens gerade wegen seiner Kombination mit dem Reflexionsbegriff bei Fichte noch nicht zum gleich vollen und charakteristischen Ausdruck gelangt wie bei Hegel.

Das Ich sieht nach Fichte als sein Wesen eine unendliche Tätigkeit, welche im Setzen liegt. Dieses geht folgendermaßen vor sich: das Ich setzt sich (A), setzt sich in der Einbildungskraft ein Nicht-Ich (B) entgegen. Die „Vernunft tritt ins Mittel ... und bestimmt dieselbe, B in das bestimmte A (das Subjekt) aufzunehmen: aber nun muß das als bestimmt gesetzte A abermals durch ein unendliches B begrenzt werden, mit welchem die Einbildungskraft gerade so verfährt wie oben; und so geht es fort, bis zur vollständigen Bestimmung der (hier theoretischen) Vernunft durch sich selbst, wo es weiter keines begrenzenden B außer der Vernunft in der Einbildungskraft bedarf, d. i. bis zur Vorstellung des Vorstellenden. Im praktischen Felde geht die Einbildungskraft fort ins Unendliche, bis zu der schlechthin unbestimmbaren Idee der höchsten Einheit, die nur nach einer vollendeten Unendlichkeit möglich wäre, welche selbst unmöglich ist". Mithin: das Setzen geht in der theoretischen Sphäre nicht ins Unendliche; deren Eigenart wird gerade durch die Eindämmung des unendlichen Setzens konstituiert; sie liegt in der Vorstellung. Durch die Vorstellungen, und letzten Endes durch deren höchste, die des Vorstellenden, wird das Ich theoretisch vollendet und ausgefüllt. Die Vorstellungen sind solche vom Nicht-Ich. Das Nicht-Ich hat, wie schon aus den zitierten Sätzen hervorgeht, eine doppelte Funktion: in der Erkenntnis in die Einheit des Ich zurück-, im Handeln in das Unendliche hineinzuführen. – Für das Verhältnis der Fichteschen zur frühromantischen Erkenntnistheorie wird es sich von Wichtigkeit erweisen, daß die Bildung des Nicht-Ich im Ich auf einer unbewußten Funktion desselben beruht. „Der einzelne Inhalt des Bewußtseins ... in der ganzen Notwendigkeit, womit er darin sich geltend macht, kann nicht aus einer Abhängigkeit des Bewußtseins von irgendwelchen Dingen an sich, sondern nur aus dem Ich selbst erklärt werden. Nun ist aber alles bewußte Produzieren durch Gründe bestimmt und setzt deshalb immer wieder besonderen Vorstellungsinhalt voraus. Das ursprüngliche Produzieren, wodurch zu allererst das Nichtich im Ich gewonnen wird, kann nicht bewußt, sondern nur bewußtlos sein.“ Fichte sieht „den einzigen Ausweg für die Erklärung des gegebenen Bewußtseinsinhaltes darin, daß dieser aus einem Vorstellen höherer Art, einem freien unbewußten Vorstellen herstamme“.

Es dürfte nach dem Vorstehenden klar sein, daß Reflexion und Setzen zwei verschiedene Akte sind. Und zwar ist die Reflexion im Grunde die autochthone Form der unendlichen Setzung: Reflexion ist die Setzung in der *absoluten Thesis*, wo sie nicht auf die materielle, sondern auf die rein formale Seite des Erkennens bezogen scheint. Wenn das Ich sich selbst in der absoluten Thesis setzt, entsteht Reflexion. Ganz in Fichtes Sinn spricht Schlegel in den Windischmannschen Vorlesungen einmal von einer „innere(n) Verdoppelung“ im Ich.

Zusammenfassend ist über die Setzung zu sagen: Sie beschränkt und determiniert sich durch die Vorstellung, durch das Nicht-Ich, durch die Gegensetzung. Auf Grund der bestimmten Gegensetzungen wird endlich die an sich ins Unendliche gehende Tätigkeit des Setzens wieder ins absolute Ich zurückgeführt und dort, wo sie mit der Reflexion zusammenfällt, in der Vorstellung des Vorstellenden eingefangen. Jene Beschränkung der unendlichen Setzungstätigkeit ist also die Bedingung der Möglichkeit der Reflexion. Die „Bestimmung des Ich, seine Reflexion über sich selbst ... ist nur unter der Bedingung möglich, daß es sich selbst durch ein Entgegengesetztes begrenze ...“. Die so bedingte Reflexion ist wiederum selbst, wie die Setzung, ein unendlicher Prozeß, und ihr gegenüber ist von neuem Fichtes Bestreben sichtbar, sie durch Zerstörung ihrer Unendlichkeit zum philosophischen Organon zu machen. Dieses Problem ist in dem fragmentarischen „Versuch einer neuen Darstellung der Wissenschaftslehre“ von 1797 gestellt. Fichte argumentiert dort folgendermaßen: „Du bist Deiner Dir bewußt, sagst Du; Du unterscheidest sonach notwendig Dein denkendes Ich von dem im Denken desselben gedachten Ich. Aber damit Du dies könnest, muß abermals das Denkende in jenem Denken Objekt eines höheren Denkens sein, um Objekt des Bewußtseins sein zu können; und Du erhältst zugleich ein neues Subjekt, welches dessen, das vorhin das Selbstbewußt *sein* war, sich wieder bewußt sei. Hier argumentiere ich nun abermals wie vorher; und nachdem wir einmal nach diesem Gesetze fortzuschließen angefangen haben, kannst Du mir nirgends eine Stelle nachweisen, wo wir aufhören sollten; wir werden sonach ins Unendliche fort für jedes Bewußtsein ein neues Bewußtsein bedürfen, dessen Objekt das erstere sei und sonach nie dazu kommen, ein wirkliches Bewußtsein annehmen zu können“. Diese Argumentation gibt Fichte dort nicht weniger als dreimal, um immer wieder auf Grund jener Endlosigkeit der Reflexion zu dem Schluß zu kommen, daß auf diese Weise „uns das Bewußtsein unbegreiflich“ bleibe. Fichte sucht also und findet eine Geisteshaltung, in der Selbstwußtsein schon unmittelbar liege und nicht erst durch eine prinzipiell endlose Reflexion hervorgerufen zu werden brauche. Diese Geisteshaltung ist das Denken. „Das Bewußtsein meines Denkens ist meinem Denken nicht etwa ein zufälliges, erst hinterher dazugesetztes und damit verknüpftes, sondern es ist von ihm unabtrennlich.“ Das unmittelbare Bewußtsein des Denkens ist identisch mit dem Selbstbewußtsein. Wegen seiner Unmittelbarkeit wird es eine Anschauung genannt. In diesem Selbstbewußtsein, in dem Anschauung und Denken, Subjekt und Objekt zusammenfallen, ist die Reflexion gebannt, eingefangen und ihrer Endlosigkeit entkleidet, ohne vernichtet zu sein.

Im absoluten Ich ist die Unendlichkeit der Reflexion, im Nicht-Ich die des Setzens überwunden. Mag auch Fichte vielleicht sich über das Verhältnis dieser beiden Tätigkeiten nicht durchaus klar gewesen sein, so ist doch deutlich, daß er ihren Unterschied gefühlt hat und jede auf besondere Weise in sein System einzubeziehen suchte. Dieses System kann in seinem theoretischen Teil keinerlei Unendlichkeit dulden. In der Reflexion aber liegen, wie sich ergab, zwei Momente: die Unmittelbarkeit und die Unendlichkeit. Die erste gibt für Fichtes Philosophie den Hinweis, in eben jener Unmittelbarkeit den Ursprung und die Erklärung der Welt zu suchen, die zweite aber trübt jene Unmittelbarkeit und ist durch einen philosophischen Prozeß aus der Reflexion zu eliminieren. Das Interesse an der Unmittelbarkeit der obersten Erkenntnis teilte Fichte mit den Frühromantikern. Ihr Kultus des Unendlichen, wie sie ihn auch in der Erkenntnistheorie ausprägen, trennte sie von ihm und gab ihrem Denken seine höchst eigentümliche Richtung.

II. Die Bedeutung der Reflexion bei den Frühromantikern

Man tut gut, die von Fichte dargelegte Bewußtseinsparadoxie, welche auf der Reflexion beruht, der Darstellung der romantischen Erkenntnistheorie zugrunde zu legen. Die Romantiker haben in der

Tat an jener von Fichte verworfenen Unendlichkeit keinen Anstoß genommen, und es entsteht damit die Frage, in welchem Sinne sie die Unendlichkeit der Reflexion denn aufgefaßt und sogar betont haben. Offenbar mußte, damit dies letzte geschehen konnte, die Reflexion mit ihrem Denken des Denkens des Denkens und so fort ihnen mehr sein als ein endloser und leerer Verlauf, und so befremdend dies auf den ersten Blick erscheint, kommt doch für das Verständnis ihrer Gedanken alles darauf an, ihnen hierin zunächst zu folgen, ihre Behauptung hypothetisch zuzugestehen, um zu erfahren, in welcher Meinung sie sie aussprechen. Diese Meinung wird sich ihres Orts als eine durchaus nicht abstruse, vielmehr – im Gebiete der Kunsttheorie – folgenreiche und fruchtbare ausweisen. – Die Unendlichkeit der Reflexion ist für Schlegel und Novalis in erster Linie nicht eine Unendlichkeit des Fortgangs, sondern eine Unendlichkeit des Zusammenhanges. Dies ist neben und vor ihrer zeitlichen Unabschließbarkeit des Fortgangs, die man anders als eine leere verstehen müßte, entscheidend. Hölderlin, welcher ohne Fühlung mit den Frühromantikern in einigen ihrer Ideenzusammenhänge, die hier noch begegnen werden, das letzte und unvergleichlich tiefste Wort sprach, schreibt an einer Stelle, an der er einen innigen, höchst triftigen Zusammenhang ausdrücken will: „unendlich (genau) zusammenhängen". Das Gleiche hatten Schlegel und Novalis im Sinn, indem sie die Unendlichkeit der Reflexion als eine erfüllte Unendlichkeit des Zusammenhanges verstanden: es sollte in ihr alles auf unendlich vielfache Weise, wie wir heute sagen würden systematisch, wie Hölderlin einfacher sagt „genau" zusammenhängen. Mittelbar kann dieser Zusammenhang von unendlich vielen Stufen der Reflexion aus erfaßt werden, indem gradweise die sämtlichen übrigen Reflexionen nach allen Seiten durchlaufen werden. In der Vermittlung durch Reflexionen liegt aber kein prinzipieller Gegensatz zur Unmittelbarkeit des denkenden Erfassens, weil jede Reflexion in sich unmittelbar ist. Es handelt sich also um eine Vermittlung durch Unmittelbarkeiten; Friedrich Schlegel kannte keine andere und er spricht gelegentlich in diesem Sinne von dem „Übergang, der immer ein Sprung sein muß". Diese prinzipielle, jedoch nicht absolute, sondern vermittelte Unmittelbarkeit ist es, auf der die Lebendigkeit des Zusammenhanges beruht. Es ist freilich virtuell auch eine absolute Unmittelbarkeit in der Erfassung des Reflexionszusammenhanges denkbar; mit dieser würde der Zusammenhang in der absoluten Reflexion sich selbst erfassen. – In diesen Ausführungen ist nicht mehr als ein Schema der romantischen Erkenntnistheorie gegeben, und erst die Fragen, wie die Romantiker es im einzelnen konstruieren, sodann aber, wie sie es ausfüllen, bilden das Hauptinteresse.

Was zunächst die Konstruktion angeht, so hat sie in ihrem Ausgangspunkt mit Fichtes Reflexionstheorie im „Begriff der Wissenschaftslehre" eine gewisse Verwandtschaft. Das bloße Denken mit seinem Korrelat eines Gedachten ist für die Reflexion Stoff. Es ist zwar dem Gedachten gegenüber Form, es ist ein Denken von etwas, und darum soll es aus terminologischen Gründen erlaubt sein, es die erste Reflexionsstufe zu nennen; bei Schlegel heißt sie der „Sinn". Die eigentliche Reflexion in ihrer vollen Bedeutung entsteht jedoch erst auf der zweiten Stufe, in dem Denken jenes ersten Denkens. Das Verhältnis dieser beiden Bewußtseinsformen, des ersten und zweiten Denkens, hat man sich genau gemäß den Fichteschen Ausführungen in der genannten Schrift vorzustellen. Im zweiten Denken oder, mit Friedrich Schlegels Wort, der „Vernunft“ kehrt in der Tat das erste Denken verwandelt auf höherer Stufe wieder: es ist zur „Form der Form als ihres Gehaltes“ geworden, die zweite ist aus der ersten Stufe, somit unmittelbar durch eine echte Reflexion hervorgegangen. Es ist mit anderen Worten das Denken der zweiten Stufe aus dem ersten von selbst und selbsttätig als dessen Selbsterkenntnis entsprungen. „Sinn, der sich selbst sieht, wird Geist“, heißt es in Übereinstimmung mit der späteren Terminologie der Vorlesungen schon im Athenäum. Fraglos ist vom Standpunkt der zweiten Stufe das bloße Denken Stoff, das Denken des Denkens seine Form. Die erkenntnistheoretisch maßgebende Form des Denkens ist also – und dies ist für die frühromantische Auffassung fundamental – nicht die Logik – vielmehr gehört diese zum Denken ersten Grades, zum stofflichen Denken – sondern diese Form ist das Denken des Denkens. Auf Grund der Unmittelbarkeit seines Ursprungs aus dem Denken ersten Grades wird dieses Denken des Denkens mit dem Erkennen des Denkens identifiziert. Es bildet für die Frühromantiker die Grundform alles intuitiven Erkennens und erhält so seine Dignität als Methode; es befaßt als Erkennen des Denkens jede andere, niedere Erkenntnis unter sich, und so bildet es das System.

In dieser romantischen Deduktion der Reflexion darf ein charakteristischer Unterschied von der Fichteschen bei aller

Ähnlichkeit mit dieser nicht übersehen werden. Von seinem absoluten Grundsatz alles Wissens sagt Fichte: „Vor ihm hat Cartes einen ähnlichen angegeben: cogito ergo sum, ... welches er ... sehr wohl als unmittelbare Tatsache des Bewußtseins betrachtet haben kann. Dann hieße es soviel als cogitans sum, ergo sum ... Aber dann ist der Zusatz cogitans völlig überflüssig; man denkt nicht notwendig, wenn man ist, aber man ist notwendig, wenn man denkt. Das Denken ist gar nicht das Wesen, sondern nur eine besondere Bestimmung des Seins ...". Es interessiert hier nicht, daß der romantische Standpunkt nicht der des Cartesius ist, auch kann nicht die Frage aufgeworfen werden, ob Fichte mit dieser Bemerkung aus der „Grundlage der gesamten Wissenschaftslehre" nicht sein eigenes Verfahren durchkreuze, sondern allein darauf ist hinzuweisen, daß der Gegensatz, in dem Fichte sich zu Cartesius weiß, auch zwischen ihm und den Romantikern obwaltet. Während Fichte die Reflexion in die Ursetzung, in das Ursein verlegen zu können meint, fällt für die Romantiker jene besondere ontologische Bestimmung, die in der Setzung liegt, fort. Sein und Setzung hebt das romantische Denken in der Reflexion auf. Die Romantiker gehen vom bloßen Sich-Selbst-Denken als Phänomen aus; es eignet allem, denn alles ist Selbst. Für Fichte kommt nur dem Ich ein Selbst zu, d.h. eine Reflexion existiert einzig und allein korrelativ zu einer Setzung. Für Fichte ist das Bewußtsein „Ich", für die Romantiker ist es „Selbst", oder anders gesagt: bei Fichte bezieht sich die Reflexion auf das Ich, bei den Romantikern auf das bloße Denken, und gerade durch diese letzte Beziehung wird, wie sich noch deutlicher zeigen soll, der eigentümliche romantische Reflexionsbegriff konstituiert. – Die

Fichtesche Reflexion liegt in der absoluten Thesis, ist Reflexion innerhalb derselben und soll außerhalb ihrer, weil ins Leere führend, nichts bedeuten. Innerhalb jener Setzung begründet sie das unmittelbare Bewußtsein, d.h. die Anschauung, und als Reflexion die intellektuelle Anschauung derselben. Fichtes Philosophie geht zwar von einer Tathandlung, nicht von einer Tatsache aus, aber das Wort „Tat" spielt dennoch in einer Unterbedeutung auf „ *Tat*sache", auf das „ *fait* accompli" noch an. Diese Tathandlung im Sinne der in der Tat ursprünglichen Handlung, und nur sie, wird durch die Mitwirkung der Reflexion gegründet. Fichte sagt: „weil das Subjekt des Satzes das absolute Subjekt, das Subjekt schlechthin ist, so wird in diesem einzigen Falle mit der Form des Satzes zugleich sein innerer Gehalt gesetzt". Also kennt er nur einen einzigen Fall fruchtbarer Anwendung der Reflexion, diejenige in der intellektuellen Anschauung. Was aus der Funktion der Reflexion in der intellektuellen Anschauung entspringt, ist das absolute Ich, eine Tathandlung, und sonach ist das Denken der intellektuellen Anschauung ein relativ gegenständliches Denken. Es ist mit anderen Worten die Reflexion nicht die Methode der Fichteschen Philosophie; diese hat man vielmehr in dem dialektischen Setzen zu sehen. Die intellektuelle Anschauung ist Denken, das seinen Gegenstand, die Reflexion im Sinne der Romantiker aber Denken, das seine Form erzeugt. Denn was bei Fichte nur im „einzigen" Falle stattfindet, eine notwendige Funktion der Reflexion, und was in diesem einzigen Falle konstitutive Bedeutung für ein vergleichsweise Gegenständliches, die Tathandlung, hat, jenes „Form der Form als ihres Gehaltes"-

Werden des Geistes findet nach der romantischen Anschauung unaufhörlich statt und konstituiert vorerst nicht den Gegenstand, sondern die Form, den unendlichen und rein methodischen Charakter des wahren Denkens.

Es wird demgemäß das Denken des Denkens zum Denken des Denkens des Denkens (und so fort), und es ist damit die dritte Reflexionsstufe erreicht. Erst in ihrer Analyse tritt die Größe der Differenz, die zwischen dem Denken Fichtes und dem der Frühromantiker besteht, vollkommen hervor; es wird begreiflich, aus welchen philosophischen Motiven die gegnerische Haltung der Windischmannschen Vorlesungen gegen Fichte sich herschreibt, und wie Schlegel in seiner Fichte-Rezension von 1808, wenn auch gewiß nicht ganz ohne Voreingenommenheit, die früheren Berührungen seines Kreises mit Fichte als ein Mißverständnis bezeichnen konnte, das sich auf die ihnen beiden gleicherweise aufgezwungene polemische Haltung gegen dieselben Gegner gründete. Die dritte Reflexionsstufe bedeutet, mit der zweiten verglichen, etwas prinzipiell Neues. Die zweite, das Denken des Denkens, ist die Urform, die kanonische Form der Reflexion; als solche hat sie auch Fichte in der „Form der Form als ihres Gehaltes" anerkannt. Auf der dritten und jeder folgenden höheren Reflexionsstufe geht jedoch in dieser Urform eine Zersetzung vor sich, die in einer eigentümlichen Doppeldeutigkeit sich bekundet. Das scheinbar Sophistische der folgenden Analyse kann für die Untersuchung kein Hindernis bilden; denn tritt man in die Diskussion des Reflexionsproblems, wie sie der Zusammenhang erfordert, ein, so sind freilich subtile Unterscheidungen nicht zu vermeiden, unter denen der folgenden eine wesentliche Bedeutung zukommt. Das Denken des Denkens des Denkens kann auf zweifache Art aufgefaßt und vollzogen werden. Wenn man von dem Ausdruck „Denken des Denkens“ ausgeht, so ist dieser auf der dritten Stufe entweder das gedachte Objekt: Denken (des Denkens des Denkens), oder aber das denkende Subjekt (Denken des Denkens) des Denkens. Die strenge Urform der Reflexion des zweiten Grades ist durch die Doppeldeutigkeit im dritten erschüttert und angegriffen. Diese aber würde zu einer immer vielfacheren Mehrdeutigkeit auf jeder folgenden Stufe sich entfalten. In diesem Sachverhalt beruht das Eigentümliche der von den Romantikern in Anspruch genommenen Unendlichkeit der Reflexion: die Auflösung der eigentlichen Reflexionsform gegen das Absolutum. Die Reflexion erweitert sich schrankenlos, und das in der Reflexion geformte Denken wird zum formlosen Denken, welches sich auf das Absolutum richtet. Diese Auflösung der strengen Reflexionsform, die identisch ist mit der Verminderung ihrer Unmittelbarkeit, ist freilich eine solche nur für das beschränkte Denken. Schon oben wurde darauf hingewiesen, daß das Absolutum sich selbst reflexiv, in geschlossener Reflexion unmittelbar erfaßt, während die niederen Reflexionen sich der höchsten nur in der Vermittlung durch Unmittelbarkeit nähern können; diese vermittelte muß ihrerseits wiederum der völligen Unmittelbarkeit weichen, sobald sie die absolute Reflexion erreichen. Schlegels Theorem verliert den Anschein des Abstrusen, sobald man seine Voraussetzung für diesen Gedankengang kennt. Diese erste, axiomatische Voraussetzung ist, daß die Reflexion nicht in eine leere Unendlichkeit verlaufe, sondern in sich selbst substanziell und erfüllt sei. Nur mit Hinsicht auf diese Anschauung läßt sich die einfache absolute Reflexion von ihrem Gegenpol, der einfachen Urreflexion, unterscheiden. Diese beiden Reflexionspole sind schlechthin einfach, alle anderen sind es nur relativ, von sich selbst, nicht vom Absoluten aus gesehen. Man hätte zum Behuf ihrer Unterscheidung anzunehmen, daß die absolute Reflexion das Maximum, die Urreflexion das Minimum der Wirklichkeit in dem Sinne umfasse, daß zwar in beiden durchaus der Inhalt der ganzen Wirklichkeit, das ganze Denken enthalten sei, jedoch zur höchsten Deutlichkeit in der ersten entfaltet, unentfaltet und undeutlich in der andern. Diese Unterscheidung von Deutlichkeitsstufen ist im Gegensatz zur Theorie von der erfüllten Reflexion nur eine Hilfskonstruktion zur Logisierung eines von den Romantikern nicht vollkommen klar durchgedachten Gedankenganges. Wie Fichte das gesamte Wirkliche in den Setzungen unterbrachte – freilich nur durch ein Telos, das er in sie legte –, so sieht Schlegel unmittelbar und ohne daß er dies eines Beweises bedürftig hielte, das ganze Wirkliche in seinem vollen Inhalt mit steigender Deutlichkeit bis zur höchsten Klarheit im Absolutum sich in den Reflexionen entfalten. Wie er die Substanz dieses Wirklichen bestimmt, wird noch zu zeigen sein.

Schlegels Gegensatz zu Fichte hat ihn in den Windischmannschen Vorlesungen zu einer häufigen energischen Polemik gegen dessen Begriff der intellektuellen Anschauung veranlaßt. Für Fichte beruhte die Möglichkeit der Anschauung des Ich auf der Möglichkeit, in der absoluten Thesis die Reflexion einzubannen und zu fixieren. Eben darum wurde die Anschauung von Schlegel verworfen. Mit Beziehung auf das Ich spricht er von der großen „Schwierigkeit, ja ... Unmöglichkeit eines sicheren Ergreifens desselben in der Anschauung“, und er stellt „die Unrichtigkeit jeder Ansicht“ fest, „wo die fixierte Selbstanschauung als Quelle der Erkenntnis aufgestellt wird“. “Vielleicht liegt es gerade in dem Gange, den er wählte, von der Selbstanschauung aus ..., daß er am Ende den Realismus doch nicht ganz überwältigen konnte.“ “Anschauen können wir uns nicht, das Ich verschwindet uns dabei immer. Denken können wir uns aber freilich. Wir erscheinen uns dann zu unserm Erstaunen unendlich, da wir uns doch im gewöhnlichen Leben so durchaus endlich fühlen.“ Die Reflexion ist kein Anschauen, sondern ein absolut systematisches Denken, ein Begreifen. Dennoch ist für Schlegel selbstverständlich die Unmittelbarkeit der Erkenntnis zu retten; dazu bedarf es aber eines Bruches mit der Kantischen Lehre, nach welcher einzig und allein Anschauungen unmittelbare Erkenntnis gewähren. An ihr hielt im ganzen auch Fichte noch fest; für ihn ergibt sich freilich die paradoxe Konsequenz, daß im „gemeinen Bewußtsein ... nur Begriffe ..., keineswegs Anschauungen als solche“ vorkommen; „unerachtet der Begriff nur durch die Anschauung ... zustande gebracht wird“. Dagegen Schlegel: „denken ... bloß als mittelbar und nur das Anschauen als unmittelbar zu nehmen, ist ein ganz willkürliches Verfahren derjenigen Philosophen, die eine intellektuelle Anschauung aufstellen. Das eigentlich Unmittelbare ist zwar das Gefühl, es gibt aber auch doch ein unmittelbares Denken“.

Mit diesem unmittelbaren Denken der Reflexion dringen die Romantiker in das Absolute ein. Dort suchen und finden sie etwas ganz anderes als Fichte. Zwar ist für sie die Reflexion im Gegensatz zu Fichte eine erfüllte, aber doch, wenigstens zu der Zeit, von der unten zu handeln sein wird, keine mit dem gewöhnlichen, keine mit dem Gehalt der Wissenschaft erfüllte Methode. Was in der Wissenschaftslehre abgeleitet werden soll, das ist und bleibt das Weltbild der positiven Wissenschaften. Die Frühromantiker lösen dieses Weltbild dank ihrer Methode völlig ins Absolute auf, und in diesem suchen sie einen andern Inhalt als den der Wissenschaft. Somit ergibt sich, nachdem die Frage nach der Konstruktion des Schemas beantwortet ist, die Frage nach dessen Ausfüllung, nach der Darstellung der Methode die des Systems. Das System der Vorlesungen, der einzigen Quelle für den Zusammenhang von Schlegels philosophischen Ansichten, ist ein anderes als das der Athenäumszeit, um die es sich letzten Endes hier handelt. Dennoch bleibt, wie in der Einleitung dargelegt wurde, die Analysis der Windischmannschen Vorlesungen für das Verständnis von Schlegels Kunstphilosophie um 1800 eine notwendige Bedingung. Sie hat zu zeigen, welche erkenntnistheoretischen Momente aus der Zeit um 1800 Schlegel vier bis sechs Jahre später in ihnen zugrunde legte, um sie einzig und allein auf diese Weise der Überlieferung anzuvertrauen, und welche neuen Elemente, die für sein früheres Denken noch nicht in Betracht gekommen sein können, in ihnen hinzutraten. Überall ist der Standpunkt dieser Vorlesungen ein Kompromiß zwischen dem ideenreichen Denken des jugendlichen Schlegel und der Restaurationsphilosophie des späteren Sekretärs von Metternich, die sich ankündigt. Im Gebiet des praktischen und ästhetischen Denkens ist der frühere Gedankenkreis schon nahezu verfallen, während er im Theoretischen noch lebt. Die Scheidung des Neuen vom Alten ist unschwer zu vollziehen. – Die folgende Betrachtung des Systems der Vorlesungen hat sowohl das zu belegen, was über die methodische Bedeutung des Reflexionsbegriffs ausgeführt wurde, als auch einige für seine Jugendzeit wichtige Einzelheiten dieses Systems darzustellen, sowie endlich das Charakteristische seiner früheren Absicht gegenüber der seiner mittleren Jahre zu bezeichnen.

Voranzustellen ist die zweite Aufgabe: Wie dachte sich Friedrich Schlegel die volle Unendlichkeit des Absoluten? In den Vorlesungen heißt es: „Es will uns keineswegs einleuchten, daß wir ... unendlich sein sollen, und zugleich müssen wir uns doch gestehen, daß das Ich als der Behälter von allem durchaus nicht anders als unendlich sein könne ... Wenn wir uns beim Nachdenken nicht leugnen können, daß alles in uns ist, so können wir uns das Gefühl der Beschränktheit ... nicht anders erklären, als indem wir annehmen, daß wir nur ein Stück von uns selbst sind. Dies führte geradeswegs zu einem Glauben an ein Du, nicht als ein (wie im Leben) dem Ich Entgegengesetztes, Ähnliches ..., sondern überhaupt als ein Gegen-Ich, und hiermit verbindet sich denn notwendig der Glaube an ein Ur-Ich“. Dieses Ur-Ich ist das Absolutum, der Inbegriff der unendlichen erfüllten Reflexion. Das Erfülltsein der Reflexion ist, wie schon bemerkt wurde, ein entscheidender Unterschied des Schlegelschen Reflexionsbegriffs vom Fichteschen; es ist ganz deutlich gegen Fichte gesagt: „Wo der Gedanke des Ichs nicht eins ist mit dem Begriffe der Welt, kann man sagen, daß dies reine Denken des Gedankens des Ichs nur zu einem ewigen Sich-Selbst-Abspiegeln, zu einer unendlichen Reihe von Spiegelbildern führt, die immer nur dasselbe und nichts Neues enthalten". . Dem gleichen frühromantischen Gedankenkreise gehört Schleiermachers treffende Formulierung des Gedankens an: „Selbstanschauung und Anschauung des Universums sind Wechselbegriffe; darum ist jede Reflexion unendlich". Auch Novalis nahm den lebhaftesten Anteil an dieser Idee, und zwar gerade von Seiten ihres Gegensatzes zu der Fichteschen. „Du bist erwählt, gegen Fichtes Magie die aufstrebenden Selbstdenker zu schützen", , schreibt er schon 1797 an Friedrich Schlegel. Was er selbst neben vielem andern an Fichte auszusetzen hatte, ist in den folgenden Worten angedeutet: „Sollte Fichte in dem Satze: das Ich kann sich nicht selbst begrenzen, inkonsequent ... sein? Die Möglichkeit der Selbstbegrenzung ist die Möglichkeit aller Synthesis, alles Wunders. Und ein Wunder hat die Welt angefangen". Bekanntlich begrenzt sich aber bei Fichte das Ich selbst durch das Nicht-Ich – allein unbewußt (s.o. p.23). Diese Bemerkung von Novalis kann also ebenso wie die Forderung eines echten „Fichtism, ohne Anstoß, ohne Nicht-Ich in seinem Sinn" nur meinen, daß die Begrenzung des Ich keine unbewußte, sondern nur eine bewußte und damit relative sein dürfe. Hierin liegt in der Tat die Tendenz des frühromantischen Einwandes, wie er noch in den Windischmannschen Vorlesungen zu erkennen ist, wo es heißt: „Das Ur-Ich, das alles Umfassende im Ur-Ich ist alles; außer ihm ist nichts; wir können nichts annehmen als Ichheit. Die Beschränktheit ist nicht ein bloß matter Widerschein des Ichs, sondern ein reelles Ich; kein Nicht-Ich, sondern ein Gegen-Ich, ein Du – Alles ist nur ein Teil der unendlichen Ichheit". Oder mit deutlicherer Beziehung auf die Reflexion: „Das Vermögen der in sich zurückgehenden Tätigkeit, die Fähigkeit, das Ich des Ichs zu sein, ist das Denken. Dies Denken hat keinen anderen Gegenstand als uns selbst". Die Romantiker perhorreszieren Beschränkung durchs Unbewußte, es soll keine andere als relative Beschränkung und diese in der bewußten Reflexion selbst geben. In den Vorlesungen gibt Schlegel auch in dieser Frage eine im Verhältnis zu seinem früheren Standpunkt abgeschwächte Kompromißlösung: die Beschränkung der Reflexion erfolgt nicht in dieser selbst, ist also nicht eigentlich relativ, sondern sie wird bewirkt durch den bewußten Willen. Die „Fähigkeit, die Reflexion aufzuhalten und die Anschauung beliebig auf irgendeinen bestimmten Gegenstand zu richten", nennt Schlegel Wille.

Schlegels Begriff des Absolutums ist mit dem Vorstehenden Fichte gegenüber hinreichend bestimmt. An sich selbst würde man dieses Absolute am richtigsten als das Reflexionsmedium bezeichnen. Mit diesem Terminus ist das Ganze von Schlegels theoretischer Philosophie zusammenfassend zu bezeichnen und wird unter diesem Ausdruck nicht selten im folgenden noch zu zitieren sein. Es ist daher notwendig, ihn noch genauer zu erklären und zu sichern. Die Reflexion konstituiert das Absolute, und sie konstituiert es als ein Medium. Auf den stetigen gleichförmigen Zusammenhang im Absolutum oder im System, die man beide als den Zusammenhang des Wirklichen nicht in seiner Substanz (welche überall dieselbe ist), sondern in den Graden seiner deutlichen Entfaltung zu interpretieren hat (s. o. p.31 f.), hat Schlegel in seinen Darlegungen den größten Wert gelegt, wenn er auch den Ausdruck Medium selbst nicht hat. So sagt er: „der Wille ... ist das Vermögen des Ichs, sich selbst zu vermehren oder zu vermindern bis zu einem absoluten Maximum oder Minimum; da dies frei ist, so hat es keine Grenzen". Ein sehr deutliches Bild gibt er für dies Verhältnis: „Das in sich Zurückgehen, das Ich des Ichs ist das Potenzieren; das aus sich Herausgehen das Wurzelausziehen der Mathematik". Ganz analog hat Novalis diese Bewegung im Reflexionsmedium beschrieben. In so enger Beziehung scheint sie ihm zu dem Wesen der Romantik zu stehen, daß er sie mit dem Ausdruck Romantisieren belegt. „Romantisieren ist nichts als eine qualitative Potenzierung. Das niedere Selbst wird mit einem besseren Selbst in dieser Operation identifiziert. So wie wir selbst eine solche qualitative Potenzenreihe sind ... Romantische Philosophie ... Wechselerhöhung und Erniedrigung". Um sich über die mediale Natur des Absoluten, das er im Sinne hat, vollkommen deutlich auszusprechen, nimmt Schlegel einen Vergleich vom Lichte her: „der Gedanke des Ichs ... ist ... als das innere Licht aller Gedanken zu betrachten. Alle Gedanken sind nur gebrochene Farbenbilder dieses inneren Lichtes. In jedem Gedanken ist das Ich das verborgene Licht, in jedem findet man sich; man denkt immer nur sich oder das Ich, freilich nicht das gemeine, abgeleitete Sich, ... sondern in seiner höheren Bedeutung". Mit Begeisterung hat Novalis denselben Gedanken von der Medialität des Absoluten in seinen Schriften geradezu verkündigt. Er hat für die Einheit von Reflexion und Medialität den vorzüglichen Ausdruck

„Selbstdurchdringung" geprägt und einen solchen Zustand des Geistes immer wieder vorausgesagt und gefordert. „Die Möglichkeit aller Philosophie ... daß sich die Intelligenz durch Selbstberührung eine selbstgesetzmäßige Bewegung, d.i. eine eigene Form der Tätigkeit gibt", also die Reflexion, ist zugleich „der Anfang einer wahrhaften Selbstdurchdringung des Geistes, die nie endigt". Das „Chaos, das sich selbst durchdrang", nennt er die künftige Welt. „Das erste Genie, das sich selbst durchdrang, fand hier den typischen Keim einer unermeßlichen Welt. Es machte eine Entdeckung, die die merkwürdigste in der Weltgeschichte sein mußte, denn es beginnt damit eine ganz neue Epoche der Menschheit – und auf dieser Stufe wird erst wahre Geschichte aller Art möglich, denn der Weg, der bisher zurückgelegt wurde, macht nun ein eignes, durchaus erklärbares Ganze aus."

Die dargestellten theoretischen Grundanschauungen im System der Windischmannschen Vorlesungen differieren in einem entscheidenden Punkte von denjenigen Schlegels in der Athenäumszeit. Mit anderen Worten: während im Ganzen System und Methode dieses späteren Schlegelschen Denkens erkenntnistheoretische Motive seines früheren Denkens erstmalig niederlegen und aufbewahren, weichen sie in einer Beziehung doch durchaus von dem früheren Gedankenkreise ab. Die Möglichkeit dieser Abweichung bei der größten Übereinstimmung im übrigen liegt in einer bestimmten Eigentümlichkeit im Reflexionssystem selbst. Bei Fichte findet sie sich folgendermaßen charakterisiert: „Das Ich geht zurück in sich selbst, wird behauptet. Ist es denn also nicht schon vor diesem Zurückgehen und unabhängig von demselben da für sich; muß es nicht für sich schon da sein, um sich zum Ziele eines Handelns machen zu können …? … keineswegs. Erst durch diesen Akt … durch ein Handeln auf ein Handeln selbst, welchem bestimmten Handeln kein Handeln überhaupt vorhergeht, wird das Ich ursprünglich für sich selbst. Nur für den Philosophen ist es vorher da als Faktum, weil dieser die ganze Erfahrung schon gemacht hat". Windelband formuliert in seiner Darstellung von Fichtes Philosophie diesen Gedanken besonders klar: „Wenn man sonst die Tätigkeiten als etwas ansieht, was ein Sein voraussetzt, so ist für Fichte alles Sein nur ein Produkt des ursprünglichen Tuns. Die Funktion ohne ein funktionierendes Sein ist für ihn das metaphysische Urprinzip … Der denkende Geist ›ist‹ nicht erst und kommt dann hinterher durch irgendwelche Veranlassungen zum Selbstbewußtsein, sondern er kommt erst durch den unableitbaren, unerklärlichen Akt des Selbstbewußtseins zustande". Wenn Friedrich Schlegel im „Gespräch über die Poesie" von 1800 das Gleiche meint mit den Worten, der Idealismus sei „gleichsam wie aus nichts entstanden", so darf dieser Gedankengang hier mit Rücksicht auf die ganze vorangehende Darstellung in dem Satz zusammengefaßt werden, daß die Reflexion logisch das erste sei. Denn weil sie die Form des Denkens ist, ist dieses logisch ohne sie, obgleich sie auf dasselbe reflektiert, nicht möglich. Erst mit der Reflexion entspringt das Denken, auf das reflektiert wird. Darum kann man sagen, jede einfache Reflexion entspringe absolut aus einem Indifferenzpunkt. Welche metaphysische Qualität man diesem Indifferenzpunkt der Reflexion zuschreiben möchte, steht frei. An dieser Stelle weichen die beiden fraglichen Gedankenkreise

Schlegels von einander ab. Die Windischmannschen Vorlesungen bestimmen diesen Mittelpunkt, das Absolute, im Anschluß an Fichte als Ich. In den Schlegelschen Schriften aus der Athenäumszeit spielt dieser Begriff eine geringe Rolle, eine geringere nicht nur als bei Fichte, sondern auch als bei Novalis. Im frühromantischen Sinne ist der Mittelpunkt der Reflexion die Kunst, nicht das Ich. Die Grundbestimmungen jenes Systems, das Schlegel in den Vorlesungen als System des absoluten Ich vorlegt, haben in seinen früheren Gedankengängen ihren Gegenstand an der Kunst. Im also verändert gedachten Absolutum wirkt eine andere Reflexion. Die romantische Kunstanschauung beruht darauf, daß im Denken des Denkens kein Ich-Bewußtsein verstanden wird. Die Ich-freie Reflexion ist eine Reflexion im Absolutum der Kunst. Der Untersuchung dieses Absolutums nach den hier dargelegten Prinzipien ist der zweite Teil gewidmet. Er behandelt die Kunstkritik als die Reflexion im Medium der Kunst. – Das Schema der Reflexion ist oben nicht an dem Begriffe des Ich, sondern an dem des Denkens klargelegt worden, weil der erste in der hier interessierenden Epoche Schlegels keine Rolle spielt. Das Denken des Denkens dagegen, als das Urschema aller Reflexion, liegt auch Schlegels Konzeption der Kritik zugrunde. Dieses hat schon Fichte in entscheidender Weise als Form bestimmt. Er selbst interpretierte diese Form als Ich, als die Urzelle des intellektualen Begriffs der Welt, Friedrich Schlegel, der Romantiker, hat sie um 1800 als ästhetische Form interpretiert, als die Urzelle der Idee der Kunst.

III. System und Begriff

Gegenüber dem Versuch, im Begriff des Reflexionsmediums dem Denken der Frühromantiker ein methodisches Gradnetz unterzulegen, in das sich ihre Problemlösungen wie ihre systematischen Positionen überhaupt einzeichnen ließen, werden sich zwei Fragen erheben. Die erste – sie ist in skeptischem oder gar verneinend-rhetorischem Ton in der Literatur immer wieder gestellt worden – lautet, ob denn die Romantiker überhaupt systematisch gedacht oder in ihrem Denken systematische Interessen verfolgt hätten. Die zweite, warum diese systematischen Grundgedanken, ihr Dasein zugegeben, in so auffallend dunkler, ja mystifizierender Rede sich niedergelegt fänden. Angesichts der ersten Frage gilt es zunächst, genau zu bestimmen, was hier bewiesen werden soll. Dabei darf man es sich nicht so leicht machen, mit Friedrich Schlegel vom „Geist des Systems, der etwas ganz anderes ist als ein System," zu sprechen, aber diese Worte führen doch auf das Entscheidende. Es soll hier in der Tat nichts bewiesen werden, was durch den geistigen Augenschein widerlegt werden müßte, wie daß Schlegel und Novalis um 1800 ein System gehabt hätten, sei es ein gemeinsames, sei es ein jeder sein eigenes. Erweislich aber gegenüber allen Anzweiflungen ist, daß ihr Denken durch systematische Tendenzen und Zusammenhänge, die allerdings in ihnen selbst nur teilweise zur Klarheit und Reife gekommen sind, bestimmt wurde; oder, um es in der exaktesten und unanfechtbarsten Form auszudrücken: daß ihr Denken sich auf systematische Gedankengänge *beziehen* läßt, daß es in der Tat in ein richtig gewähltes Koordinatensystem sich eintragen läßt, gleichviel, ob die Romantiker selbst dieses System vollständig angegeben haben oder nicht. Für die vorliegende, nicht pragmatisch-philosophiegeschichtliche, sondern problemgeschichtliche Aufgabe kann es durchaus bei dem Erweis dieser eingeschränkten Behauptung sein Bewenden haben. Jene systematische Beziehbarkeit erweisen, heißt aber nichts anderes, als das Recht und die Möglichkeit einer systematischen Kommentierung der frühromantischen Gedankengänge durch die Tat erweisen. Dieses Recht ist angesichts der außerordentlichen Schwierigkeiten, vor die sich die geschichtliche Auffassung der Romantik gestellt sieht, in einer kürzlich veröffentlichten Schrift (Elkuß: Zur Beurteilung der Romantik und zur Kritik ihrer Erforschung) gerade von einem Literarhistoriker verfochten worden, also vom Standpunkt einer Wissenschaft aus, die eben in dieser Frage noch sehr viel skrupulöser vorgehen muß, als diese problemgeschichtliche Untersuchung. Elkuß vertritt die Analyse der romantischen Schriften auf Grund systematisch orientierter Interpretation u.a. mit folgenden Sätzen: „Diesem Sachverhalt kann man sich von der Theologie her nähern, von der Religionsgeschichte, vom geltenden Recht, vom geschichtlichen Denken der Gegenwart: immer wird die Situation für die Erkenntnis ... einer Gedankenbildung günstiger sein, als wenn man an ihn in einem verhängnisvollen Sinne des Wortes voraussetzungslos herantritt, den materiellen Kern der in den frühromantischen Theorien aufgeworfenen Fragen nicht mehr kontrollieren kann, kurz sie als ›Literatur‹ behandelt, in der ja oft die Formel bis zu einem gewissen Grade Selbstzweck werden kann“. “Eine hier einsetzende Analyse dringt naturgemäß sehr oft weit hinter den ›literarischen‹ Sinn dessen zurück, was ein Schriftsteller gesagt hat und zu formulieren willens oder auch nur fähig war. Sie ergreift die intentionalen Akte, wenn sie erkannt hat, was sie leisten sollen.“ “Für die Literaturgeschichte ... rechtfertigt sich ... von hier aus eine Betrachtung, die auf Voraussetzungen zurückgeht, auch wenn diese von der Reflexion des Autors selber meist nicht getroffen werden“. . Für die Problemgeschichte ist eine solche Betrachtung geradezu erfordert. Es wäre für sie unbedingter, als für eine literarhistorische ein Tadel, wenn man von ihr, wie Elkuß von einer literarhistorischen, sagen müßte, sie bleibe einem Autor gegenüber „bei der Charakterisierung seiner geistigen Welt in den Antithesen befangen, die für ihn selbst Bewußtseinsinhalt waren,“ beurteile „geistige Mächte nur in der Stilisierung, die er ihnen gibt, und“ dringe „zu dieser Stilisierung als einer ... selber der Analyse bedürftigen Leistung überhaupt nicht mehr vor“. Allerdings ist es gar nicht nötig, weit hinter das Ausgesprochene zurückzugehen, um zunächst nur die entschieden systematische Tendenz in Friedrich Schlegels Denken um die Jahrhundertwende wahrzunehmen; die übliche Auffassung von seinem Verhältnis zum systematischen Denken ist eher daher zu verstehen, daß man ihn zu wenig, als daß man ihn zu genau beim Wort genommen hat. Die Tatsache, daß ein Autor sich in Aphorismen ausspricht, wird niemand letzthin als einen Beweis gegen seine systematische Intention gelten lassen. Nietzsche z.B. hat aphoristisch geschrieben, dazu sich als Gegner des Systems bezeichnet, dennoch hat er seine Philosophie umfassend und einheitlich nach den leitenden Ideen durchdacht und zuletzt sein System zu schreiben begonnen. Schlegel dagegen hat sich niemals auch nur schlechthin als Gegner der Systematiker bekannt. Bei allem scheinbaren Zynismus ist er bezeichnenderweise in seiner Reifezeit auch seinen eigenen Worten nach niemals Skeptiker gewesen. „Als vorübergehender Zustand ist der Skeptizismus logische Insurrektion; als System ist er Anarchie. Skeptische Methode wäre also ungefähr wie insurgente Regierung", heißt es in den Athenäumsfragmenten. Die Logik nennt er ebendort eine „Wissenschaft, welche von der Forderung der positiven Wahrheit und der Voraussetzung der Möglichkeit eines Systems ausgeht". Die bei Windischmann veröffentlichten Fragmente geben Zeugnis in Fülle, daß er seit dem Jahre 1796 über das Wesen des Systems und die Möglichkeit seiner Begründung angestrengt nachdachte; es war jene Gedankenentwicklung, die im System der Vorlesungen mündete. Die zyklische Philosophie ist der Titel, unter welchem Schlegel damals das System vorstellte. Von den wenigen Bestimmungen, die er von ihr gibt, ist die wichtigste, die ihren Namen begründet: „Es muß der Philosophie nicht bloß ein Wechselbeweis, sondern auch ein Wechselbegriff zugrunde liegen. Man kann bei jedem Begriff wie bei jedem Erweis wieder nach einem Begriff und Erweis desselben fragen. Daher muß die Philosophie wie das epische Gedicht in der Mitte anfangen, und es ist unmöglich, dieselbe so vorzutragen und Stück für Stück hinzuzählen, daß gleich das erste für sich vollkommen begründet und erklärt wäre. Es ist ein Ganzes, und der Weg, es zu erkennen, ist also keine gerade Linie, sondern ein Kreis. Das Ganze der Grundwissenschaft muß aus zwei Ideen, Sätzen, Begriffen ... ohne allen weiteren Stoff abgeleitet sein". Diese Wechselbegriffe sind dann später in den Vorlesungen die beiden Pole der Reflexion, die sich letzten Endes als einfache Urreflexion und als einfache absolute Reflexion kreisförmig wieder zusammenschließen. Die Philosophie beginnt in der Mitte, bedeutet, daß sie keinen ihrer Gegenstände mit der Urreflexion identifiziert, sondern in ihnen ein Mittleres im Medium sieht. Als weiteres Motiv kommt in jener Zeit noch die Frage des erkenntnistheoretischen Realismus und Idealismus bei Schlegel hinzu, die sich in den Vorlesungen von selbst erledigt. Nur aus der Ignorierung der Windischmannschen Vorlesungen erklärt es sich also, daß Kircher mit Hinsicht auf die Fragmente von 1796 ab sagen konnte: „Das System der zyklischen Philosophie hat Friedrich nicht ausgeführt; es sind lauter Vorarbeiten, Voraussetzungen, es sind die subjektiven Grundlagen des Systems, die in Begriffe gestalteten Antriebe und Bedürfnisse seines philosophischen Geistes, was uns davon erhalten ist".

Dafür jedoch, daß Schlegel in der Athenäumszeit zu keiner vollen Klarheit über seine systematische Intention gelangen konnte, lassen sich mehrere Gründe namhaft machen. Die systematischen Gedanken besaßen damals nicht die Vorherrschaft in seinem Geiste, und dies hängt einerseits damit zusammen, daß er nicht genügend logische Kraft besaß, um sie aus seinem damals noch reichen und leidenschaftlichen Denken herauszuarbeiten, andererseits damit, daß er kein Verständnis für den Systemwert der Ethik hatte. Das ästhetische Interesse überwog alles. „Friedrich Schlegel war ein Künstler-Philosoph, oder ein philosophierender Künstler, als solcher ging er einerseits den Traditionen der philosophischen Zünftler nach und suchte Zusammenhang mit der Philosophie seiner Zeit, andererseits war er zu sehr Künstler, um beim rein Systematischen stehen zu bleiben.“ Bei Schlegel tritt, um auf den obigen Vergleich zurückzukommen, das Gradnetz seiner Gedanken unter der überdeckenden Zeichnung fast nie hervor. Wenn die Kunst als das absolute Reflexionsmedium die systematische Grundkonzeption der Athenäumszeit ist, so findet sich diese fortwährend durch andere Bezeichnungen substituiert, die den Anschein der verwirrenden Vielgestaltigkeit seines Denkens hervorrufen. Das Absolute erscheint bald als Bildung, bald als Harmonie, als Genie oder Ironie, als Religion, Organisation oder Geschichte. Und es soll gar nicht geleugnet werden, daß in anderen Zusammenhängen es wohl denkbar wäre, eine der anderen Bestimmungen – also nicht die Kunst, sondern etwa die Geschichte – jenem Absoluten, wofern nur sein Charakter als Reflexionsmedium gewahrt bliebe, einzuzeichnen. Unstreitig aber lassen die meisten dieser Bezeichnungen gerade jene philosophische Fruchtbarkeit vermissen, die in der Analyse des Begriffs der Kunstkritik für die Bestimmung des Reflexionsmediums als Kunst aufgewiesen werden soll. Der Begriff der Kunst ist in der Athenäumszeit eine – und außer dem der Geschichte vielleicht die einzige – legitime Erfüllung der systematischen Intention Friedrich Schlegels. Eine seiner typischen Verschiebungen und Überdeckungen möge hier, wenn auch vorgreifend, ihre Stelle finden: „Die Kunst, aus dem Impulse der strebenden Geistigkeit gestaltend, bindet diese in immer wieder neuen Formen mit dem Geschehen des gesamten Lebens der Gegenwart und der Vergangenheit. Die Kunst heftet sich nicht an einzelne

Geschehnisse der Geschichte, sondern an deren Gesamtheit; vom Gesichtspunkt der sich ewig vervollkommnenden Menschheit aus, faßt sie den Komplex der Geschehnisse vereinheitlichend und veranschaulichend zusammen. Die Kritik ... sucht das Menschheitsideal aufrechtzuerhalten, indem sie ... auf dasjenige Gesetz hinausgeht, das sich an frühere Gesetze knüpfend, die Annäherung an das ewige Menschheitsideal verbürgt". Dies ist eine Paraphrase des Gedankens in der Condorçet-Kritik des frühen Schlegel (1795). In den Schriften um 1800 nehmen, wie sich noch ergeben wird, derartige Amalgamierungen und gegenseitige Trübungen mehrerer Begriffe des Absolutums, die in solcher Vermischung ihre Fruchtbarkeit selbstverständlich einbüßen, überhand. Wer nach solchen Sätzen sich ein Bild vom tieferen Wesen der Schlegelschen Kunstauffassung machen wollte, müßte notwendig irren. Schlegels vielfältige Bestimmungsversuche des Absoluten entspringen nicht allein aus einem Mangel, nicht nur aus Unklarheit. Ihnen liegt vielmehr eine eigentümliche positive Tendenz seines Denkens zugrunde. In ihr findet die oben gestellte Frage nach dem Grunde der Dunkelheit so vieler Schlegelscher Fragmente und gerade ihrer systematischen Intentionen ihre Antwort. Das Absolute war für Friedrich Schlegel in der Athenäumszeit allerdings das System in der Gestalt der Kunst. Aber er suchte dies Absolute nicht systematisch, sondern vielmehr umgekehrt das System absolut zu erfassen. Dies war das Wesen seiner Mystik, und obwohl er sie im Grunde bejahte, blieb ihm das Verhängnisvolle dieses Versuches nicht verborgen. Von Jacobi – daß Schlegel sich nicht selten gegen Jacobi wandte, um öffentlich eigene

Fehler zu geißeln, hat Enders gezeigt – heißt es in den Windischmannschen Fragmenten: „Jacobi ist zwischen die absolute Philosophie geraten und zwischen die systematische, und da ist sein Geist zuschanden gequetscht“, eine Bemerkung, die etwas boshafter pointiert auch in den Athenäumsfragmenten Platz gefunden hat. Auch Schlegel selbst vermochte nicht, den mystischen Impuls absoluter Erfassung des Systems, den „alten Hang zum Mystizismus“ von sich fernzuhalten. Das Gegenteil macht er Kant zum Vorwurf: „Er polemisiert ... gar nicht die transzendente Vernunft, sondern die absolute – oder auch wohl die systematische“. Unübertrefflich charakterisiert er diese Idee absoluten Erfassens des Systems mit der Frage: „Sind nicht alle Systeme Individuen ...?“ Denn freilich, wenn dies der Fall wäre, so könnte man daran denken, Systeme ebenso intuitiv in ihrer Ganzheit zu durchdringen wie eine Individualität. Schlegel ist sich denn auch über die extreme Folgerung der Mystik im klaren gewesen: „Der konsequente Mystiker muß die Mitteilbarkeit alles Wissens nicht bloß dahingestellt sein lassen, sondern geradezu leugnen; dies muß tiefer nachgewiesen werden, als die gewöhnliche Logik reicht“. Mit diesem Satze aus dem Jahre 1796 kombiniere man den gleichzeitigen: „Die Mitteilbarkeit des wahren Systems kann nur beschränkt sein; das läßt sich a priori beweisen“, , um zu erkennen, wie bewußt Schlegel sich schon frühe als Mystiker fühlte. In den Vorlesungen ist dann dieser Gedanke zum unverhülltesten Ausdruck gekommen: „Das Wissen geht bloß nach innen, ist an und für sich selbst unmitteilbar, wie dann auch nach dem gewöhnlichen Ausdruck der Nachdenkende sich in sich selbst verliert ... Erst durch die Darstellung kommt ... die Gemeinsamkeit ... Es läßt sich freilich annehmen, daß es ein inneres Wissen gibt vor aller Darstellung oder jenseits derselben; aber dies ist ... in dem Grade unverständlich, als es darstellungslos ist". Novalis ist hierin mit Schlegel einig: die Philosophie „ist eine mystische ... durchdringende Idee, die uns unaufhaltsam nach allen Richtungen hineintreibt". – In seiner Terminologie hat sich die mystische Tendenz von Friedrich Schlegels Philosophieren am klarsten ausgeprägt. Im Jahre 1798 schreibt sein Bruder an Schleiermacher: „Die Randglossen meines Bruders rechne ich auch zu dem Gewinn; denn sie gelingen ihm weit besser als ganze Briefe, sowie Fragmente besser als Abhandlungen und selbstgeprägte Wörter besser als Fragmente. Am Ende beschränkt sich sein ganzes Genie auf mystische Terminologie". Wirklich hat das, was A. W. Schlegel sehr treffend als mystische Terminologie bezeichnet, den genauesten Zusammenhang mit Friedrich Schlegels Genie, mit seinen bedeutendsten Konzeptionen und seiner eigentümlichen Denkweise. Diese nötigte ihn, zwischen dem diskursiven Denken und der intellektuellen Anschauung eine Vermittlung zu suchen, da das eine seiner auf intuitives Begreifen gerichteten Intention, die andere seinem systematischen Interesse nicht genügte. Er fand sich also, da sein Denken nicht systematisch entfaltet, wohl aber durchaus systematisch orientiert war, vor das Problem gestellt, mit äußerster Eingeschränktheit des diskursiven Denkens das Maximum an systematischer Tragweite der Gedanken zu verbinden. Was insbesondere die intellektuelle Anschauung betrifft, so ist Schlegels Denkweise im Gegensatz zu derjenigen vieler Mystiker ausgezeichnet durch Indifferenz gegen Anschaulichkeit; er beruft sich nicht auf intellektuelle Anschauungen und entrückte Zustände. Vielmehr sucht er, um es in eine Formel zusammenzufassen, eine unanschauliche Intuition des Systems, und er findet sie in der Sprache. Die Terminologie ist die Sphäre, in welcher jenseits von Diskursivität und Anschaulichkeit sich sein Denken bewegt. Denn der Terminus, der Begriff enthielt für ihn den Keim des Systems, war im Grunde nichts anderes als ein präformiertes System selbst. Schlegels Denken ist ein absolut begriffliches, d.h. sprachliches. Die Reflexion ist der intentionale Akt absoluter Erfassung des Systems und die adäquate Ausdrucksform dieses Aktes ist der Begriff. In dieser Anschauung liegt das Motiv der zahlreichen terminologischen Neubildungen Friedrich Schlegels und der tiefste Grund seiner ständig erneuerten Benennungen des Absoluten. – Für das frühromantische Denken ist dieser Denktypus charakteristisch, er findet sich auch bei Novalis, obschon weniger ausgeprägt als bei Schlegel. Der letzte hat die Beziehung des terminologischen Denkens auf das System in den Vorlesungen klar ausgesprochen: „ *der* Gedanke eben, worin man die Welt in eins zusammenfassen und den man wieder zu einer Welt erweitern kann,... ist, was man Begriff nennt". "... so wäre sehr wohl ein System vielmehr nur ein umfassender Begriff zu nennen." Aber auch wenn im Athenäum gesagt wird: „Es ist gleich tödlich für den Geist, ein System zu haben und keins zu haben. Er wird sich also wohl entschließen müssen, beides zu verbinden", kann als Organon dieser Verbindung wieder nichts anderes als der begriffliche Terminus gedacht sein. Im Begriff allein kann auch die individuelle Natur, die Schlegel, wie gesagt, dem System vindiziert, zum Ausdruck gelangen. – Ganz allgemein heißt es von den sittlichen Menschen: „Ein gewisser Mystizismus des Ausdrucks, der bei einer romantischen Phantasie und mit grammatischem Sinn verbunden etwas sehr Reizendes und etwas sehr Gutes sein kann, dient ihnen oft als Symbol ihrer schönen Geheimnisse". Ähnlich schreibt Novalis: „Wie oft fühlt man die Armut an Worten, um mehrere Ideen mit einem Schlage zu treffen". Und umgekehrt: „Mehrere Namen sind einer Idee vorteilhaft".

Die allgemeinste Rolle hat diese mystische Terminologie in der Frühromantik in der Form des Witzes gespielt. Neben Friedrich Schlegel haben sich auch Novalis und Schleiermacher für dessen Theorie interessiert; sie nimmt in den Fragmenten des ersten einen breiten Raum ein. Im Grunde ist sie keine andere als die Theorie der mystischen Terminologie. Diese ist der Versuch, das System beim Namen zu nennen, d.h. in einem mystischen individuellen Begriff so zu erfassen, daß die systematischen Zusammenhänge in ihm inbegriffen sind. Die Voraussetzung eines stetigen medialen Zusammenhanges, eines Reflexionsmediums der Begriffe liegt dabei vor. Im Witz tritt, wie im mystischen Terminus, jenes begriffliche Medium blitzartig in Erscheinung. „Ist aller Witz Prinzip und Organ der Universalphilosophie und alle Philosophie nichts anderes als der Geist der Universalität, die Wissenschaft aller sich ewig mischenden und wieder trennenden Wissenschaften, eine logische Chemie, so ist der Wert und die Würde jenes absoluten, enthusiastischen, durch und durch materialen Witzes, worin Baco und Leibniz ... jener einer der ersten, dieser einer der größten Virtuosen war, unendlich."

Wenn der Witz bald als „logische Geselligkeit“, bald als „chemischer … Geist“, als „fragmentarische Genialität“, oder als „prophetisches Vermögen“ charakterisiert, wenn er bei Novalis als ein „magisches Farbenspiel in höheren Sphären“ bezeichnet wird, so ist dies alles von der Bewegung der Begriffe in ihrem eigenen Medium gesagt, welche im Witz bewirkt und im mystischen Terminus bezeichnet wird. „Witz ist die Erscheinung, der äußere Blitz der Phantasie. Daher … das Witzähnliche der Mystik.“ In dem Aufsatz „Ueber die Unverständlichkeit“ will Schlegel zeigen, „daß die Worte sich selbst oft besser verstehen, als diejenigen, von denen sie gebraucht werden, … daß es unter den philosophischen Worten … geheime Ordensverbindungen geben muß; … daß man die reinste und gediegenste Unverständlichkeit gerade aus der Wissenschaft und aus der Kunst erhält, die ganz eigentlich aufs Verständigen und Verständlichmachen ausgehen, aus der Philosophie und Philologie“. Gelegentlich hat Schlegel von einer „dicke(n), feurige(n) Vernunft“ gesprochen, „welche den Witz eigentlich zum Witz macht und dem gediegenen Stil das Elastische gibt und das Elektrische“. Indem er diese dem „was man gewöhnlich Vernunft nennt“ gegenüberstellte, hat er offenbar seine Art zu denken höchst treffend bezeichnet. Es war, wie schon gesagt wurde, die eines Menschen, dem jeder einzelne Einfall die ganze ungeheure Ideenmasse in Bewegung setzte, der Phlegma mit Glut im Ausdruck seiner geistigen wie seiner leiblichen Physiognomie vereinigte. Es soll schließlich im Vorbeigehen die Frage aufgeworfen werden, ob nicht jener terminologischen Tendenz, die bei Schlegel so klar und bestimmend hervortritt, für alles mystische Denken eine typische

Bedeutung zukomme, deren nähere Untersuchung sich verlohnen und schließlich auf das a priori, das der Terminologie jedes Denkers zugrunde liegt, führen würde.

Nicht sowohl aus polemischen und rein literarischen Motiven, als vielmehr auf Grund der dargestellten tieferen Tendenzen ist die romantische „Kunstsprache" gebildet worden, von deren „hypertrophische(r) Ausbildung" Elkuß spricht. Aber er verkennt dabei nicht: „Jene Spekulationen werden ja für das Bewußtsein jedes Einzelnen durchaus eine reale Funktion besessen haben, und es entsteht die schwierige Aufgabe, den Inbegriff von Bedürfnis ... und Erkenntnis zu entwickeln, den die romantische Schule in allen jenen Hieroglyphen von der Transzendentalpoesie bis zum magischen Idealismus zu besitzen meinte". Groß ist in der Tat die Anzahl jener hieroglyphischen Ausdrücke; für einige von ihnen, wie den Begriff der Transzendentalpoesie und der Ironie, wird sich eine Erklärung im Laufe der Arbeit ergeben, andere, wie die Begriffe des Romantischen und der Arabeske, können hier nur ganz kurz, wieder andere, wie z. B. der der Philologie, gar nicht behandelt werden. Dagegen ist der romantische Begriff der Kritik selbst ein exemplarischer Fall mystischer Terminologie, und aus diesem Grunde ist denn auch diese Arbeit nicht Wiedergabe einer romantischen Theorie der Kunstkritik, sondern die Analysis ihres Begriffs. Diese kann hier noch nicht seinen Gehalt, sondern nur seine terminologischen Beziehungen treffen. Sie führen über die engere Bedeutung des Wortes Kritik als Kunstkritik hinaus, und es muß daher ein Blick auf die merkwürdige Verkettung fallen, durch welche der Begriff der Kritik zum esoterischen Hauptbegriff der

Romantischen Schule, neben jenem Terminus, der ihr den Namen gibt, wurde.

Von allen philosophischen und ästhetischen Fachausdrücken dürften die Worte Kritik und kritisch in den Schriften der Frühromantiker leicht die häufigsten sein. „Du schaffst eine Kritik", schreibt Novalis im Jahre 1796 seinem Freunde, als er ihm das höchste Lob zuteil werden lassen will, und zwei Jahre später spricht Schlegel es mit Selbstbewußtsein aus, daß er „aus den Tiefen der Kritik" begonnen habe. „Höherer Kritizismus" ist den Freunden eine geläufige Bezeichnung für all ihre theoretischen Bestrebungen. Durch Kants philosophisches Werk hatte der Begriff der Kritik für die jüngere Generation eine gleichsam magische Bedeutung erhalten; jedenfalls verband sich mit ihm ausgesprochenermaßen gerade nicht der Sinn einer bloß beurteilenden, nicht produktiven Geisteshaltung, sondern für die Romantiker und für die spekulative Philosophie bedeutete der Terminus kritisch: objektiv produktiv, schöpferisch aus Besonnenheit. Kritisch sein hieß die Erhebung des Denkens über alle Bindungen so weit treiben, daß gleichsam zauberisch aus der Einsicht in das Falsche der Bindungen die Erkenntnis der Wahrheit sich schwang. In dieser positiven Bedeutung gewinnt das kritische Verfahren die denkbar nächste Verwandtschaft mit dem reflektierenden, und in Aussprüchen wie dem folgenden gehen beide ineinander über: „In jeder Philosophie, die mit Beobachtung ihres eigenen Verfahrens, mit Kritik anfängt, hat der Anfang immer etwas Eigentümliches". Dasselbe bedeutet es, wenn Schlegel vermutet: „Abstraktion, und besonders praktische, ist wohl am Ende nichts als Kritik". Denn er las bei

Fichte, daß „keine Abstraktion ... ohne Reflexion und keine Reflexion ohne Abstraktion möglich“ sei. So ist es endlich nicht einmal mehr unverständlich, wenn er zum Ärger seines Bruders, der das „wahre(n) Mystizismus“ nennt, die Behauptung aufstellt, „jedes Fragment sei kritisch“, „kritisch und Fragmente wäre tautologisch“. Denn ein Fragment – auch dies ein mystischer Terminus – ist für ihn, wie alles Geistige, ein Reflexionsmedium. – Nicht so weit, als man meinen sollte, weicht diese positive Betonung des Kritikbegriffs vom Kantischen Sprachgebrauch ab. Kant, in dessen Terminologie gar nicht wenig mystischer Geist enthalten ist, hatte sie vorbereitet, indem er den beiden verworfenen Standpunkten des Dogmatismus und Skeptizismus nicht sowohl die wahre Metaphysik, in der sein System gipfeln sollte, als „Kritik“, in deren Namen es inauguriert wurde, entgegenhielt. Man darf also sagen, daß der Kritikbegriff bereits bei Kant doppelsinnig spielt, welcher Doppelsinn sich bei den Romantikern potenziert, weil sie durch das Wort Kritik zugleich auch auf Kants ganze historische Leistung und nicht nur auf seinen Begriff der Kritik Bezug nehmen. Endlich haben sie auch das unvermeidliche negative Moment dieses Begriffs zu bewahren und zu verwenden verstanden. Auf die Dauer konnten die Romantiker eine ungeheure Diskrepanz zwischen dem Anspruch und der Leistung ihrer theoretischen Philosophie nicht übersehen. Da stellt sich wieder zur rechten Zeit das Wort Kritik ein. Denn es besagt, so hoch man die Geltung eines kritischen Werkes auch immer bewerte, daß es das Abschließende nicht sein kann. In diesem Sinne haben die Romantiker unter dem Namen der Kritik zugleich die unausweichliche Unzulänglichkeit ihrer Bemühungen eingestanden, als eine notwendige zu bezeichnen gesucht und so endlich in diesem Begriff auf die notwendige Unvollständigkeit der Unfehlbarkeit, wie man es bezeichnen kann, angespielt.

Eine besondere terminologische Beziehung ist schließlich für den Kritikbegriff auch in seiner engeren, kunsttheoretischen Bedeutung wenigstens vermutungsweise festzustellen. Erst mit den Romantikern setzte sich der Ausdruck Kunstkritiker gegenüber dem älteren Kunstrichter endgültig durch. Man vermied die Vorstellung eines zu Gericht-Sitzens über Kunstwerke, eines an geschriebene oder ungeschriebene Gesetze fixierten Urteilsspruches, man dachte dabei an Gottsched, wenn nicht etwa noch an Lessing und Winckelmann. Ebenso sehr aber fühlte man sich im Gegensatz zu den Theoremen des Sturmes und Dranges. Diese führten, zwar nicht durch zweiflerische Tendenzen, sondern durch schrankenlosen Glauben an das Recht der Genialität, zur Aufhebung aller festen Grundsätze und Kriterien der Beurteilung. Jene Richtung durfte man als eine dogmatische, diese in ihren Wirkungen als eine skeptische auffassen; da lag es überaus nahe, die Überwindung beider in der Kunsttheorie unter dem gleichen Namen zu vollziehen, unter dem Kant in der Erkenntnistheorie jenen Gegensatz geschlichtet hatte. Wenn man den Überblick liest, den Schlegel im Anfang des Aufsatzes „Ueber das Studium der Griechischen Poesie" über die Kunstrichtungen seiner Zeit gibt, so möchte man glauben, daß er der Analogie der kunsttheoretischen und der erkenntnistheoretischen Problemlage sich mehr oder weniger deutlich bewußt gewesen sei: „Hier empfahl sie durch den Stempel ihrer Autorität sanktionierte Werke als ewige Muster der

Nachahmung: dort stellte sie absolute Originalität als den höchsten Maßstab alles Kunstwerts auf und bedeckte den entferntesten Verdacht der Nachahmung mit unendlicher Schmach. Strenge forderte sie in scholastischer Rüstung unbedingte Unterwerfung auch unter ihre willkürlichsten, offenbar törichten Gesetze; oder sie vergötterte in mystischen Orakelsprüchen das Genie, machte eine künstliche Gesetzlosigkeit zum ersten Grundsatz und verehrte mit stolzem Aberglauben Offenbarungen, die nicht selten sehr zweideutig waren".

IV. Die frühromantische Theorie der Naturerkenntnis

Kritik schließt die Erkenntnis ihres Gegenstandes ein. Darum erfordert die Darstellung des frühromantischen Begriffs der Kunstkritik eine Charakteristik der ihr zugrunde liegenden Theorie der Gegenstandserkenntnis. Diese ist von der Erkenntnis des Systems oder des Absoluten zu unterscheiden, deren Theorie oben gegeben wurde. Sie ist aber aus ihr abzuleiten; sie betrifft die Naturgegenstände und die Kunstwerke, deren erkenntnistheoretische Problematik mehr als die anderer Gebilde die ersten Romantiker beschäftigt hat. Die frühromantische Theorie der Kunsterkenntnis hat unter dem Titel der Kritik vor allen Friedrich Schlegel, die der Naturerkenntnis unter anderen Novalis ausgebildet. In diesen Ausbildungen treten von den verschiedenen Zügen einer allgemeinen Theorie der Gegenstandserkenntnis bald in dieser der eine, bald in jener der andere mit besonderer Deutlichkeit hervor, so daß für das gründliche Verständnis einer Ausbildung auch die andere kurz zu berücksichtigen ist. Ein Blick auf die Theorie der Naturerkenntnis ist für die Darstellung des Begriffs der Kunstkritik unentbehrlich. Beide hängen in gleichem Maße von den allgemeinen systematischen Voraussetzungen ab und stimmen als Folgerungen mit jenen zusammen und miteinander überein. Die Theorie der Gegenstandserkenntnis ist durch die Entfaltung des Reflexionsbegriffs in seiner Bedeutung für den Gegenstand bestimmt. Der Gegenstand, wie alles Wirkliche, liegt im Reflexionsmedium. Das Reflexionsmedium ist aber methodisch oder erkenntnistheoretisch angesehen das Medium des Denkens, denn es ist nach dem Schema der Reflexion des Denkens, der kanonischen Reflexion, gebildet. Zur kanonischen Reflexion wird diese Reflexion des Denkens, weil in ihr am evidentesten die beiden Grundmomente aller Reflexion sich ausgeprägt finden: Selbsttätigkeit und Erkennen. Denn in ihr wird dasjenige reflektiert, gedacht, was doch allein reflektieren kann: das Denken. Es wird also selbsttätig gedacht. Und weil es als sich selbst reflektierend gedacht wird, wird es als sich selbst unmittelbar erkennend gedacht. In dieser Erkenntnis des Denkens durch sich selbst ist, wie bemerkt wurde, alle Erkenntnis überhaupt eingeschlossen. Daß aber a priori jene bloße Reflexion, das Denken des Denkens, als ein Erkennen des Denkens von den Romantikern aufgefaßt wurde, rührt daher, daß sie jenes erste ursprüngliche, stoffliche Denken, den Sinn, bereits als erfüllt voraussetzen. Auf Grund dieses Axioms wird das Reflexionsmedium zum System, das methodische Absolutum zum ontologischen. Auf mannigfache Weise kann es bestimmt gedacht werden: als Natur, als Kunst, als Religion usw. Niemals aber wird es den Charakter des Denkmediums verlieren, eines Zusammenhanges denkender Beziehung. In allen seinen Bestimmungen bleibt also das Absolutum ein Denkendes, und ein denkendes Wesen ist alles, was es erfüllt. Damit ist der romantische Grundsatz der Theorie der Gegenstandserkenntnis gegeben. Alles, was im Absolutum ist, alles Wirkliche denkt; es kann, weil dies Denken das der Reflexion ist, nur sich selbst, genauer gesagt, nur sein eigenes Denken denken; und weil dieses eigene Denken ein erfülltes substantielles ist, so erkennt es sich selbst zugleich, indem es sich denkt. Als Ich ist das Absolutum und was in ihm besteht, nur unter einem ganz besonderen Gesichtspunkt zu bezeichnen. Die Windischmannschen Vorlesungen, nicht aber die Athenäumsfragmente sehen es so an; auch Novalis scheint oft diese Betrachtungsweise zurückzustellen. Alle Erkenntnis ist Selbsterkenntnis eines denkenden Wesens, das kein Ich zu sein braucht. Vollends das Fichtesche Ich, das dem Nicht-Ich, der Natur entgegengesetzt ist, bedeutet für Schlegel und Novalis nur eine niedere der unendlich vielen Formen des Selbst. Für die Romantiker gibt es vom Standpunkt des Absoluten aus kein Nicht-Ich, keine Natur im Sinne eines Wesens, das nicht selbst wird. „Selbstheit ist der Grund aller Erkenntnis“ heißt es bei Novalis. Die Keimzelle jeder Erkenntnis ist also ein Reflexionsvorgang in einem denkenden Wesen, durch den es sich selbst erkennt. Jedes Erkanntwerden eines denkenden Wesens setzt dessen Selbsterkenntnis voraus. „Alles, was man denken kann, denkt selbst: : ist ein Denkproblem“ lautet der Satz, den nicht umsonst Friedrich Schlegel in der Ausgabe, die er von den Werken seines verstorbenen Freundes besorgte, an die Spitze der Fragmente stellte.

Diese Bedingtheit jeder Objekterkenntnis in einer Selbsterkenntnis des Objekts zu behaupten, ist Novalis nicht müde geworden. In der paradoxesten, zugleich hellsten Gestalt in dem kurzen Satz: „die Wahrnehmbarkeit eine Aufmerksamkeit". Ob in diesem Satz über die Aufmerksamkeit des Gegenstandes auf sich selbst hinaus noch die auf den Wahrnehmenden gemeint ist, tut nichts zur Sache; denn selbst wenn er diesen Gedanken deutlich ausspricht: „In allen Prädikaten, in denen wir das Fossil sehen, sieht es uns", kann doch jene Aufmerksamkeit auf den Sehenden sinngemäß nur als Symptom für die Fähigkeit des Dinges, sich selbst zu sehen, verstanden werden. Außer der Sphäre des Denkens und Erkennens umfaßt also jene Grundgesetzlichkeit des Reflexionsmediums auch die der Wahrnehmung, und endlich sogar die der Tätigkeit. „Ein Stoff muß sich selbst behandeln, um behandelt zu sein", heißt das Gesetz, dem diese unterliegt. – Erkennen und Wahrnehmen insbesondere sollen gleichsam auf alle Dimensionen der Reflexion bezogen und in allen fundiert sein: „Sieht man etwa jeden Körper nur so weit, als er sich selbst sieht und man sich selbst sieht?" Wie jede Erkenntnis nur vom Selbst ausgeht, so erstreckt sie sich auch allein auf dieses: „Gedanken sind nur mit Gedanken gefüllt, nur Denkfunktionen, wie Gesichte Augen- und Lichtfunktionen. Das Auge sieht nichts wie Auge, das Denkorgan nichts wie Denkorgane oder das dazugehörige Element". „Wie das Auge nur Augen sieht – so der Verstand nur Verstand, die Seele Seelen, die Vernunft Vernunft, der Geist Geister etc.; die Einbildungskraft nur Einbildungskraft, die Sinne Sinne; Gott wird nur durch einen Gott erkannt." In diesem letzten

Fragment erscheint der Gedanke, daß jedes Wesen allein sich selbst erkenne, modifiziert zu dem Satz, jedes Wesen erkenne nur das ihm selbst Gleiche und werde allein durch Wesen erkannt, die ihm gleichen. Damit ist die Frage nach dem Verhältnis von Subjekt und Objekt in der Erkenntnis berührt, welche für die Selbsterkenntnis nach romantischer Auffassung keine Rolle spielt. Wie ist Erkenntnis außerhalb der Selbsterkenntnis, d.h. wie ist Objektserkenntnis möglich? Sie ist es nach den Prinzipien des romantischen Denkens in der Tat nicht. Wo keine Selbsterkenntnis ist, da ist gar kein Erkennen, wo Selbsterkenntnis ist, ist die Subjekt-Objekt-Korrelation aufgehoben, wenn man will: ein Subjekt ohne Objekt-Korrelat gegeben. Trotzdem bildet die Wirklichkeit nicht ein Aggregat in sich abgeschlossener Monaden, die in keine reale Beziehung zu einander treten können. Ganz im Gegenteil sind alle Einheiten im Wirklichen außer dem Absoluten selbst nur relative. Sie sind so wenig in sich abgeschlossen und beziehungslos, daß sie durch Steigerung ihrer Reflexion (Potenzieren, Romantisieren; s.o. p.37) vielmehr andre Wesen, Reflexionszentren, mehr und mehr ihrer eigenen Selbsterkenntnis einverleiben können. Diese romantische Vorstellungsweise betrifft jedoch nicht nur die individuell menschlichen Reflexionszentren. Nicht die Menschen allein können ihre Erkenntnis durch gesteigerte Selbsterkenntnis in der Reflexion erweitern, sondern ebenso können das die sogenannten Naturdinge. Bei diesen hat der Vorgang eine wesentliche Beziehung auf das, was gemeinhin ihr Erkanntwerden genannt wird. Das Ding strahlt nämlich in dem Maße, als es in sich die Reflexion steigert und in seine Selbsterkenntnis andere Wesen einbegreift, seine ursprüngliche Selbsterkenntnis auf diese aus. Auch auf diese Weise kann der Mensch jener Selbsterkenntnis anderer Wesen teilhaftig werden; dieser Weg wird mit dem erstgenannten in der Erkenntnis zweier Wesen durch einander, die im Grunde die Selbsterkenntnis ihrer reflexiv erzeugten Synthesis ist, koinzidieren. Demnach ist alles, was sich dem Menschen als sein Erkennen von einem Wesen darstellt, in ihm der Reflex der Selbsterkenntnis des Denkens in demselbigen. Ein bloßes Erkanntwerden eines Dinges gibt es also nicht, ebensowenig aber ist das Ding oder Wesen beschränkt auf ein bloßes durch sich allein Erkanntwerden. Die Steigerung der Reflexion in ihm hebt vielmehr die Grenze zwischen dem durch sich selbst und durch ein anderes Erkanntwerden in dem Dinge auf und im Medium der Reflexion gehen das Ding und das erkennende Wesen ineinander über. Beides sind nur relative Reflexionseinheiten. Es gibt also in der Tat keine Erkenntnis eines Objekts durch ein Subjekt. Jede Erkenntnis ist ein immanenter Zusammenhang im Absoluten, oder wenn man will, im Subjekt. Der Terminus Objekt bezeichnet nicht eine Beziehung in der Erkenntnis, sondern eine Beziehungslosigkeit und verliert seinen Sinn, wo immer eine Erkenntnisrelation an den Tag tritt. Die Erkenntnis ist nach allen Seiten in der Reflexion verankert, wie die Fragmente des Novalis es andeuten: das Erkanntwerden eines Wesens durch ein anderes fällt zusammen mit der Selbsterkenntnis des Erkanntwerdenden, mit der des Erkennenden und mit Erkanntwerden des Erkennenden durch das Wesen, das er erkennt. Das ist die genaueste Form des Grundsatzes der romantischen Theorie der Gegenstandserkenntnis. Seine Tragweite für die

Erkenntnistheorie der Natur liegt vor allem in den von ihm abhängigen Sätzen über die Wahrnehmung sowie über die Beobachtung.

Die erste hat keinen Einfluß auf die Theorie der Kritik und muß daher hier übergangen werden. Ohnehin ist es klar, daß diese Erkenntnistheorie es zu keiner Unterscheidung von Wahrnehmung und Erkenntnis bringen kann und im wesentlichen die auszeichnenden Züge der Wahrnehmung auch der Erkenntnis beilegt. Die Erkenntnis ist ihr zufolge in gleich hohem Grad unmittelbar, als es die Wahrnehmung nur irgend sein kann; und die nächstliegende Begründung der Unmittelbarkeit der Wahrnehmung geht ebenfalls von einem dem Wahrnehmenden und Wahrgenommenen gemeinsamen Medium aus, wie die Geschichte der Philosophie in Demokrit zeigt, welcher von einer teilweisen stofflichen Durchdringung von Subjekt und Objekt die Wahrnehmung herschreibt. So heißt es auch bei Novalis, daß „der Stern im Fernrohr erscheint und dasselbe durchdringt ... Der Stern ... ist ein spontanes, das Fernrohr oder Auge ein rezeptives Lichtwesen". Mit der Lehre vom Erkenntnis- und Wahrnehmungsmedium hängt diejenige von der Beobachtung zusammen, die von unmittelbarer Bedeutung für das Verständnis des Kritikbegriffs ist. Die „Beobachtung" und die mit ihr sehr häufig synonyme Bezeichnung des Experiments sind wiederum Vokabeln der mystischen Terminologie; in ihnen gipfelt, was die Frühromantik über das Prinzip der Naturerkenntnis zu erklären und zu verheimlichen hatte. Die Frage, auf welche der Begriff der Beobachtung antwortet, lautet: welches Verhalten hat der Forscher einzuschlagen, um unter der Voraussetzung, daß das Wirkliche ein Reflexionsmedium sei, die Natur zu erkennen? Er wird wissen, daß keine Erkenntnis ohne die Selbsterkenntnis des zu Erkennenden möglich ist und daß diese durch ein Reflexionszentrum (den Beobachter) in einem anderen (dem Dinge) nur wachgerufen werden kann, indem das erste durch wiederholte Reflexionen bis zum Umfassen des zweiten sich steigert. Diese Theorie hat bezeichnenderweise zuerst Fichte für die reine Philosophie ausgesprochen, und damit einen Hinweis darauf gegeben, wie tief sie mit den rein erkenntnistheoretischen Motiven des frühromantischen Denkens zusammenhängt. Er sagt von der Wissenschaftslehre im Gegensatz zu den anderen Philosophien: „Dasjenige, was sie zum Gegenstande ihres Denkens macht, ist nicht ein toter Begriff, der sich gegen ihre Untersuchung nur leidend verhalte, ... sondern es ist ein Lebendiges und Tätiges, das aus sich selbst und durch sich selbst Erkenntnisse erzeugt, und welchem der Philosoph bloß zusieht. Sein Geschäft in der Sache ist nichts weiter, als daß er jenes Lebendige in zweckmäßige Tätigkeit versetze, dieser Tätigkeit desselben zusehe, sie auffasse und als Eins begreife. Er stellt ein Experiment an ... wie das Objekt sich äußere, ist ... Sache ... des Objekts selbst ... In den entgegengesetzten Philosophien ... gibt es nur eine Reihe des Denkens, die der Gedanken des Philosophen, da sein Stoff selbst nicht als denkend eingeführt wird“. Was bei Fichte für das Ich gilt, das gilt bei Novalis vom Naturgegenstand und wird zu einem zentralen Satz der damaligen Naturphilosophie. Die Bezeichnung dieser Methode als Experiment, die schon Fichte gab, lag gegenüber dem

Naturgegenstand besonders nahe. Das Experiment besteht in der Evokation des Selbstbewußtseins und der Selbsterkenntnis im Beobachteten. Eine Sache beobachten, heißt nur, sie zur Selbsterkenntnis bewegen. Ob das Experiment gelingt, hängt davon ab, wie weit der Experimentator imstande ist, durch Steigerung seines eigenen Bewußtseins, durch magische Beobachtung, wie man sagen darf, sich dem Gegenstand zu nähern und ihn endlich in sich einzubeziehen. In diesem Sinn sagt Novalis vom echten Experimentator: Die Natur „offenbart sich umso vollkommener durch ihn, je harmonischer seine Konstitution mit ihr ist", und vom Experiment, daß es „die bloße Erweiterung, Zerteilung, Vermannigfaltigung, Verstärkung des Gegenstandes" sei. Darum zitiert er beifällig die Meinung Goethes: „daß jede Substanz seine (sic!) engeren Rapports mit sich selbst habe, wie das Eisen im Magnetism". In diesen Rapports erblickt er die Reflexion des Gegenstandes; wieweit er damit Goethes Meinung traf, muß hier dahingestellt bleiben. – Das Medium der Reflexion, des Erkennens und des Wahrnehmens fällt bei den Romantikern zusammen. Der Terminus der Beobachtung spielt auf diese Identität der Medien an; was im gewöhnlichen Experiment als Wahrnehmung und planmäßige Einrichtung des Versuchsverlaufs getrennt ist, ist in der magischen Beobachtung vereinigt, die ja selbst ein Experiment, nach dieser Theorie das einzig mögliche Experiment ist. Man darf diese magische Beobachtung im Sinn der Romantiker auch eine ironische nennen. Sie beobachtet nämlich an ihrem Gegenstand nichts Einzelnes, nichts Bestimmtes. Keine Frage an die Natur liegt diesem Experiment zugrunde. Vielmehr faßt die Beobachtung nur die aufkeimende Selbsterkenntnis im Gegenstand ins Auge, oder vielmehr, sie, die Beobachtung ist das aufkeimende Gegenstandsbewußtsein selbst. Mit Recht darf sie also eine ironische heißen, weil sie im Nicht-Wissen – im Zuschauen – besser weiß, – identisch mit dem Gegenstand ist. Es wäre also erlaubt, wenn es nicht richtiger wäre, diese Korrelation überhaupt aus dem Spiel zu lassen, von einer Koinzidenz der objektiven und der subjektiven Seite in der Erkenntnis zu sprechen. Simultan jeder Erkenntnis eines Gegenstandes ist das eigentliche Werden dieses Gegenstands selbst. Denn die Erkenntnis ist, nach dem Grundsatz der Gegenstandserkenntnis, ein Prozeß, der das zu Erkennende erst zu dem, als was es erkannt wird, macht. Daher sagt Novalis: „Der Beobachtungsprozeß ist ein zugleich subjektiver und objektiver Prozeß, ideales und reales Experiment zugleich. Satz und Produkt müssen zugleich fertig werden, wenn er recht vollkommen ist. Ist der beobachtete Gegenstand ein Satz schon und der Prozeß durchaus in Gedanken, so wird das Resultat ... derselbe Satz nur in höherem Grade sein". Mit dieser letzten Bemerkung geht Novalis über die Theorie der Naturbeobachtung zur Theorie der Beobachtung geistiger Gebilde über. Der „Satz" in seinem Sinne kann ein Kunstwerk sein.

Zweiter Teil. Die Kunstkritik

I. Die frühromantische Theorie der Kunsterkenntnis

Die Kunst ist eine Bestimmung des Reflexionsmediums, wahrscheinlich die fruchtbarste, die es empfangen hat. Die

Kunstkritik ist die Gegenstandserkenntnis in diesem Reflexionsmedium. In der folgenden Untersuchung ist also darzustellen, welche Tragweite die Auffassung der Kunst als eines Reflexionsmediums für die Erkenntnis ihrer Idee und ihrer Gebilde sowie für die Theorie dieser Erkenntnis hat. Die letzte Frage ist durch alles Vorhergehende soweit gefördert, daß es nur einer Rekapitulation bedarf, um die Betrachtung von der Methode der romantischen Kunstkritik zu deren sachlicher Leistung überzuführen. Selbstverständlich wäre es völlig verfehlt, bei den Romantikern nach einem besonderen Grund zu suchen, aus dem sie die Kunst als ein Reflexionsmedium betrachten. Für sie war diese Deutung alles Wirklichen, also auch der Kunst, ein metaphysisches Credo. Es ist, wie schon in der Einleitung angedeutet wurde, nicht der zentrale metaphysische Grundsatz ihrer Weltanschauung gewesen, dazu ist sein spezifisch metaphysisches Gewicht bei weitem zu gering. Aber wie sehr auch dieser Zusammenhang darauf angewiesen ist, diesen Satz nach Analogie einer wissenschaftlichen Hypothese zu behandeln, ihn nur immanent klar zu legen und an seiner Leistung für die Auffassung der Gegenstände zu entfalten, so ist nicht zu vergessen, daß in einer Untersuchung der romantischen Metaphysik, des romantischen Geschichtsbegriffs, diese metaphysische Anschauung alles Wirklichen als eines Denkenden noch andere Seiten an den Tag legen würde, als es mit Beziehung auf die Kunsttheorie geschieht, für welche ihr erkenntnistheoretischer Gehalt vor allem ins Gewicht fällt. Seine metaphysische Bedeutung dagegen wird in dieser Abhandlung nicht eigentlich erfaßt, sondern nur in der romantischen Kunsttheorie berührt, welche freilich ihrerseits unmittelbar und mit ungleich größerer Sicherheit die metaphysische Tiefe des romantischen Denkens erreicht.

An einer Stelle der Windischmannschen Vorlesungen ist noch der schwache Nachklang des Gedankens zu vernehmen, der Schlegel zur Athenäumszeit mächtig bewegte und seine Theorie der Kunst bestimmte. „Es gibt ... eine Art des Denkens, die etwas produziert und daher mit dem schöpferischen Vermögen, das wir dem Ich der Natur und dem Welt-Ich zuschreiben, große Ähnlichkeit der Form hat. Das Dichten nämlich; dies erschafft gewissermaßen seinen Stoff selbst". . An jener Stelle hat der Gedanke keine Bedeutung mehr. Er ist jedoch der klare Ausdruck von Schlegels älterem Standpunkt, daß nämlich die Reflexion, welche er früher als Kunst dachte, absolut schöpferisch, inhaltlich erfüllt sei. So kannte er denn in der Zeit, auf welche sich diese Untersuchung bezieht, auch noch nicht jenen Moderantismus im Reflexionsbegriff, demzufolge er in den Vorlesungen der Reflexion den sie begrenzenden Willen gegenüberstellt (s.o. p.37). Früher kannte er nur eine relative, autonome Begrenzung der Reflexion durch sich selbst, die, wie sich ergeben wird, in der Kunsttheorie eine wichtige Rolle spielt. Die Schwäche und Gesetztheit des späteren Werkes beruht auf der Einschränkung der schöpferischen Allmacht der Reflexion, welche einst für Schlegel in der Kunst sich am deutlichsten offenbart hatte. Mit ähnlicher Deutlichkeit, wie an jener Stelle der Vorlesungen, hat er in der Frühzeit die Kunst als ein Reflexionsmedium nur in dem berühmten 116. Athenäumsfragment bezeichnet, in dem es von der romantischen Poesie heißt, daß sie „am meisten zwischen dem

Dargestellten und dem Darstellenden frei von allem ... Interesse auf den Flügeln der poetischen Reflexion in der Mitte schweben, diese Reflexion immer wieder potenzieren und wie in einer endlosen Reihe von Spiegeln vervielfachen“ kann. Von dem produktiven und rezeptiven Verhältnis zur Kunst sagt Schlegel: „Das Wesen des poetischen Gefühls liegt vielleicht darin, daß man sich ganz aus sich selbst affizieren ... kann“. Das heißt: Der Indifferenzpunkt der Reflexion, an dem diese aus dem Nichts entspringt, ist das poetische Gefühl. Ob in dieser Formulierung eine Beziehung auf Kants Theorie vom freien Spiel der Gemütsvermögen liegt, in welchem der Gegenstand als ein Nichts zurücktritt, um nur den Anlaß einer selbsttätigen, inneren Stimmung des Geistes zu bilden, wird sich schwer entscheiden lassen. Übrigens liegt die Untersuchung des Verhältnisses der frühromantischen zu der Kantischen Kunsttheorie nicht im Rahmen dieser Monographie über den romantischen Begriff der Kunstkritik, weil von hier aus jenes Verhältnis nicht erfaßt werden kann. – In vielen Wendungen hat auch Novalis zu verstehen gegeben, daß die Grundstruktur der Kunst die des Reflexionsmediums sei. Der Satz: „Dichtkunst ist wohl nur willkürlicher, tätiger, produktiver Gebrauch unserer Organe – und vielleicht wäre Denken selbst nicht viel etwas anderes – und Denken und Dichten also einerlei“ ähnelt sehr dem oben angezogenen Schlegelschen Ausspruch in den Vorlesungen, und weist in jene Richtung. Ganz deutlich faßt Novalis die Kunst als das Reflexionsmedium χατ' ἐξοχήν auf, verwendet das Wort Kunst geradezu als terminus technicus für dasselbe, wenn er sagt: „Der Anfang des Ich ist bloß idealisch ... der Anfang entsteht später als das Ich; darum kann das Ich nicht angefangen haben. Wir sehen daraus, daß wir hier im Gebiet der Kunst sind". Und wenn er fragt: „Gibt es eine Erfindungskunst ohne Data, eine absolute Erfindungskunst?", so ist dies einerseits die Frage nach einem absoluten neutralen Ursprung der Reflexion und andererseits hat er selbst in seinen Schriften oft genug die Dichtkunst als jene absolute Erfindungskunst ohne Data gekennzeichnet. Er legt gegen die Theorie der Brüder Schlegel von der Künstlichkeit Shakespeares Verwahrung ein und erinnert sie, daß die Kunst „gleichsam die sich selbst beschauende, sich selbst nachahmende, sich selbst bildende Natur ist". Dabei ist weniger die Meinung, daß die Natur das Substrat der Reflexion und der Kunst sei, als daß die Integrität und Einheit des Reflexionsmediums gewahrt bleiben solle. Für diese scheint Novalis an dieser Stelle Natur ein besserer Ausdruck als Kunst, und so soll man es nach ihm auch für die Erscheinungen der Poesie bei dieser Bezeichnung, die doch nur für das Absolute steht, belassen. Oft aber wird er ganz übereinstimmend mit Schlegel die Kunst für den Prototyp des Reflexionsmediums halten und dann sagen: „Die Natur zeugt, der Geist macht. II est beaucoup plus commode d'être fait que de se faire lui-même (sic!)". . Also ist Reflexion das Ursprüngliche und Aufbauende in der Kunst wie in allem Geistigen. So entsteht Religion nur, indem „das Herz ... sich selbst empfindet", und für die Poesie gilt, daß sie „ein sich selbst bildendes Wesen ist".

Die Erkenntnis in dem Reflexionsmedium der Kunst ist die Aufgabe der Kunstkritik. Für sie gelten alle diejenigen Gesetze, welche allgemein für die Gegenstandserkenntnis im

Reflexionsmedium bestehen. Die Kritik ist also gegenüber dem Kunstwerk dasselbe, was gegenüber dem Naturgegenstand die Beobachtung ist, es sind die gleichen Gesetze, die sich an verschiedenen Gegenständen modifiziert ausprägen. Wenn Novalis sagt: „Was zugleich Gedanke und Beobachtung ist, ist ein kritischer … Keim"[1], so spricht er – zwar in tautologischer Rede, denn die Beobachtung ist ein Denkprozeß – die nahe Verwandtschaft zwischen Kritik und Beobachtung aus. Kritik ist also gleichsam ein Experiment am Kunstwerk, durch welches dessen Reflexion wachgerufen, durch das es zum Bewußtsein und zur Erkenntnis seiner selbst gebracht wird. „Die echte Rezension sollte … das Resultat und die Darstellung eines philologischen Experiments und einer literarischen Recherche sein." Wiederum nennt Schlegel eine „sogenannte Recherche … ein historisches Experiment", und im Rückblick auf seine kritische Tätigkeit, den er 1800 anstellte, sagte er: „ich werde es mir nicht versagen, mit den Werken der poetischen und der philosophischen Kunst, wie bisher, so auch ferner für mich und für die Wissenschaft zu experimentieren". Das Subjekt der Reflexion ist im Grunde das Kunstgebilde selbst, und das Experiment besteht nicht in der Reflexion *über* ein Gebilde, welche dieses nicht, wie es im Sinn der romantischen Kunstkritik liegt, wesentlich alterieren könnte, sondern in der Entfaltung der Reflexion, d. h. für den Romantiker: des Geistes, *in* einem Gebilde.

Sofern Kritik Erkenntnis des Kunstwerks ist, ist sie dessen Selbsterkenntnis; sofern sie es beurteilt, geschieht es in dessen Selbstbeurteilung. Die Kritik geht in dieser letzten Ausprägung über die Beobachtung hinaus, es zeigt sich in dieser die Verschiedenheit des Kunstgegenstandes von dem der Natur, der keine Beurteilung zuläßt. Der Gedanke der Selbstbeurteilung auf der Grundlage der Reflexion ist auch außerhalb des Gebietes der Kunst den Romantikern nicht fremd. So liest man bei Novalis: „Die Philosophie der Wissenschaften hat ... drei Perioden. Die thetische der Selbstreflexion der Wissenschaft, die andere der entgegengesetzten, antinomischen Selbstbeurteilung der Wissenschaft und die synkritische Selbstreflexion und Selbstbeurteilung zugleich". Was die Selbstbeurteilung in der Kunst betrifft, so heißt es in der für Schlegels Theorie der Kritik bezeichnenden Rezension des „Wilhelm Meister": „Glücklicherweise ist es eben eins von den Büchern, welche sich selbst beurteilen". Novalis sagt: „Rezension ist Complement des Buchs. Manche Bücher bedürfen keiner Rezension, nur einer Ankündigung; sie enthalten schon die Rezension mit".

Eine Beurteilung ist allerdings diese Selbstbeurteilung in der Reflexion nur uneigentlich zu nennen. Es ist nämlich in ihr ein notwendiges Moment aller Beurteilung, das Negative, durchaus verkümmert. Zwar erhebt sich der Geist in jeder Reflexion über alle früheren Reflexionsstufen und negiert sie damit – gerade dies gibt der Reflexion zunächst die kritische Färbung –, aber das positive Moment dieser Bewußtseinssteigerung überwiegt das negative bei weitem. Diese Einschätzung des Reflexionsvorgangs spricht aus Novalis' Worten: „Der Akt des sich selbst Überspringens ist überall der höchste, der Urpunkt, die Genesis des Lebens ... So hebt alle Philosophie da an, wo der Philosophierende sich selbst philosophiert, d. h. zugleich verzehrt ... und wieder erneuert ... So hebt alle lebendige Moralität damit an, daß ich aus Tugend gegen die Tugend handle; damit beginnt das Leben der Tugend, durch welches vielleicht die Kapazität ins Unendliche zunimmt". Genau ebenso positiv bewerten die Romantiker die Selbstreflexion im Kunstwerk. Für die Bewußtseinssteigerung des Werkes durch Kritik hat Schlegel einen höchst bezeichnenden Ausdruck in einem Witz gefunden. In einem Briefe an Schleiermacher bezeichnet er nämlich seinen Athenäumsaufsatz „Über Goethe's Meister" kurz als den „Übermeister", ein vortrefflicher Ausdruck für die letzte Intention dieser Kritik, welche mehr als jede andere mit seinem Begriff Kunstkritik überhaupt zusammenhängt. Auch sonst gebraucht er gern ähnliche Prägungen, ohne daß man entscheiden könnte, ob dabei die gleiche Stimmung zugrunde liegt, weil sie nicht in einem Worte geschrieben sind. Das Moment der Selbstvernichtung, die mögliche Negation in der Reflexion kann also nicht ins Gewicht fallen gegenüber dem durch und durch Positiven der Erhöhung des Bewußtseins im Reflektierenden. So führt eine Analysis des romantischen Kritikbegriffs alsbald auf jenen Zug, der sich in ihrem Fortgang immer deutlicher zeigen und vielseitiger begründen wird: die völlige Positivität dieser Kritik, in der sie von ihrem modernen Begriff, welcher in ihr eine negative Instanz erblickt, sich radikal unterscheidet. Jede kritische Erkenntnis eines Gebildes ist als Reflexion in ihm nichts anderes, als ein höherer selbsttätig entsprungener Bewußtseinsgrad desselben. Diese Bewußtseinssteigerung in der Kritik ist prinzipiell unendlich, die Kritik ist also das Medium, auf die Unendlichkeit der Kunst bezieht und endlich in sie in dem sich die Begrenztheit des einzelnen

Werkes methodisch übergeführt wird, denn die Kunst ist, wie es sich von selbst versteht, als Reflexionsmedium unendlich. Novalis hat die mediale Reflexion, wie oben angeführt, allgemein als Romantisieren bezeichnet und dabei gewiß nicht nur an die Kunst gedacht. Doch ist, was er so beschreibt, genau das Verfahren der Kunstkritik. „Absolutierung, Universalisierung, Klassifikation des individuellen Moments ... ist das eigentliche Wesen des Romantisierens.“ “Indem ich ... dem Endlichen einen unendlichen Schein gebe, so romantisiere ich es.“ Auch vom Kritiker aus, denn als solcher ist der „wahre Leser“ der folgenden Bemerkung aufzufassen, bezeichnet er die kritische Aufgabe: „Der wahre Leser muß der erweiterte Autor sein. Er ist die höhere Instanz, die die Sache von der niederen Instanz schon vorgearbeitet erhält. Das Gefühl ... scheidet beim Lesen wieder das Rohe und Gebildete des Buchs, und wenn der Leser das Buch nach seiner Idee bearbeiten würde, so würde ein zweiter Leser noch mehr läutern, und so wird ... die Masse endlich ... Glied des wirksamen Geistes“. Das heißt, es soll das einzelne Kunstwerk im Medium der Kunst aufgelöst werden, dieser Prozeß kann aber durch eine Vielheit einander ablösender Kritiker nur dann sinngemäß dargestellt sein, wenn diese nicht empirische Intellekte, sondern personifizierte Reflexionsstufen sind. Es liegt auf der Hand, daß die Potenzierung der Reflexion im Werk auch als solche in seiner Kritik bezeichnet werden kann, welche ja selbst unendlich viele Stufen hat. In diesem Sinne heißt es bei Schlegel: „Jede philosophische Rezension sollte zugleich Philosophie der Rezensionen sein“. – Niemals kann dieses kritische Verhalten in Konflikt mit der ursprünglichen, rein gefühlsmäßigen

Aufnahme des Kunstwerkes geraten, denn es ist, wie die Steigerung des Werkes selbst, so auch die seines Erfassens und Empfangens. In der Kritik des „Wilhelm Meister“ sagt Schlegel: „Es ist schön und notwendig, sich dem Eindruck eines Gedichtes ganz hinzugeben ... und etwa nur im Einzelnen das Gefühl durch Reflexion zu bestätigen und zum Gedanken zu erheben und ... zu ergänzen ... Aber nicht minder notwendig ist es, von allem Einzelnen abstrahieren zu können, das Allgemeine schwebend zu fassen“. Dies Erfassen des Allgemeinen heißt schwebend, weil es Sache der unendlich sich erhöhenden Reflexion ist, die sich in keiner Betrachtung dauernd niederläßt, wie es im 116. Athenäumsfragment (s. o. p. 63) von Schlegel angedeutet wird. So erfaßt die Reflexion gerade die zentralen, d.h. allgemeinen Momente des Werkes und versenkt sie in das Medium der Kunst, wie es eben in der Kritik des „Wilhelm Meister“ sichtbar sein soll. Bei genauer Betrachtung will Schlegel dort in der Rolle, welche in der Bildung des Helden die verschiedenen Kunstarten spielen, eine Systematik verborgen angedeutet finden, deren deutliche Entfaltung und Einordnung ins Kunstganze eine Aufgabe der Kritik des Werkes sei. Dabei soll diese nichts anderes tun, als die geheimen Anlagen des Werkes selbst aufdecken, seine verhohlenen Absichten vollstrecken. Im Sinne des Werkes selbst, d.h. in seiner Reflexion, soll es über dasselbe hinausgehen, es absolut machen. Es ist klar: für die Romantiker ist Kritik viel weniger die Beurteilung eines Werkes als die Methode seiner Vollendung. In diesem Sinne haben sie poetische Kritik gefordert, den Unterschied zwischen Kritik und Poesie aufgehoben und behauptet: „Poesie kann nur durch Poesie kritisiert werden. Ein

Kunsturteil, welches nicht selbst ein Kunstwerk ist,... als Darstellung des notwendigen Eindrucks in seinem Werden ,... hat gar kein Bürgerrecht im Reiche der Kunst". „Jene poetische Kritik... wird die Darstellung von Neuem darstellen, das schon Gebildete noch einmal bilden wollen... wird das Werk ergänzen, verjüngen, neu gestalten." Denn das Werk ist unvollständig: „Nur das Unvollständige kann begriffen werden, kann uns weiter führen. Das Vollständige wird nur genossen. Wollen wir die Natur begreifen, so müssen wir sie als unvollständig setzen". Das gilt auch vom Kunstwerk, aber es gilt nicht als Fiktion, sondern in Wahrheit. Jedes Werk ist dem Absolutum der Kunst gegenüber mit Notwendigkeit unvollständig, oder – was dasselbe bedeutet es ist unvollständig gegenüber seiner eigenen absoluten Idee. „Daher sollte es kritische Journale geben, die die Autoren kunstmäßig medizinisch und chirurgisch behandelten und nicht bloß die Krankheit aufspürten und mit Schadenfreude bekannt machten ... Echte Polizei ... sucht die kränkliche Anlage zu verbessern." Beispiele solcher vollendenden, positiven Kritik schweben Novalis vor, wenn er von einer gewissen Art von Übersetzungen, welche er mythische nennt, sagt: „Sie stellen den reinen, vollendeten Charakter des individuellen Kunstwerks dar. Sie geben uns nicht das wirkliche Kunstwerk, sondern das Ideal desselben. Noch existiert, wie ich glaube, kein ganzes Muster derselben. Im Geist mancher Kritiken und Beschreibungen von Kunstwerken trifft man aber helle Spuren. Es gehört ein Kopf dazu, in dem sich poetischer Geist und philosophischer Geist in ihrer ganzen Fülle durchdrungen haben". Vielleicht denkt Novalis, indem er Kritik und Übersetzung einander nahe rückt, an eine mediale stetige Überführung des Werkes aus einer Sprache in die andere, eine Auffassung, die bei der unendlich rätselhaften Natur der Übersetzung von vornherein ebenso statthaft ist, wie eine andere. „Wenn man das Charakteristikum des modernen kritischen Geistes in der Verleugnung alles Dogmatismus, in der Achtung vor der alleinigen Souveränität der produktiven Schöpferkraft des Künstlers und Denkers sehen will und muß, so haben die Schlegel diesen modernen kritischen Geist geweckt und ihn auch zur prinzipiell höchsten Offenbarung gebracht." Bei diesen Worten hat Enders die ganze literarische Familie der Schlegel im Sinn. Friedrich Schlegel ist vor allen anderen Mitgliedern seiner Familie die prinzipielle Überwindung des ästhetischen Dogmatismus zu verdanken und dazu – was Enders hier nicht erwähnt – die ebenso wichtige Sicherung der Kunstkritik gegen die skeptische Toleranz, die aus dem schrankenlosen Kultus der schaffenden Kraft als bloßer Ausdruckskraft des Schöpfers zuletzt hervorgeht. In jener Hinsicht hat er die Tendenzen des Rationalismus, in dieser die zersetzenden Momente, welche in der Theorie der Stürmer und Dränger angelegt waren, überwunden, und in dieser letzten Rücksicht ist die Kritik des 19. und 20. Jahrhunderts durchaus wieder von seinem Standpunkt herabgesunken. Er hat die Gesetze des Geistes in das Kunstwerk selbst gebannt, anstatt dieses zum bloßen Nebenprodukt der Subjektivität zu machen, wie ihn die modernen Autoren dennoch, dem Zuge ihres eigenen Denkens folgend, so überaus oft mißverstanden haben. Es ist nach dem oben Ausgeführten abzuschätzen, welcher geistigen Lebendigkeit und doch auch welcher Zähigkeit es bedurfte, diesen Standpunkt zu sichern, der teilweise, als Überwindung des Dogmatismus, das mühelose Erbe der modernen Kritik geworden ist. Von deren Gesichtskreis aus, den keine Theorie, sondern allein eine deteriorierte Praxis noch bestimmt, ist freilich nicht zu ermessen, welche Fülle positiver Voraussetzungen in die Negierung der rationalistischen Dogmen eingearbeitet ist. Sie übersieht, daß diese Voraussetzungen neben ihrer befreienden Leistung einen Grundbegriff sicherten, der theoretisch vordem mit Bestimmtheit nicht eingeführt werden konnte: den des Werkes. Denn nicht nur die Freiheit von heteronomen ästhetischen Doktrinen errang Schlegels Kritikbegriff vielmehr ermöglichte er diese erst dadurch, daß er ein anderes Kriterium des Kunstwerkes aufstellte, als die Regel, das Kriterium eines bestimmten immanenten Aufbaues des Werkes selbst. Er tat das nicht mit den Allgemeinbegriffen der Harmonie und Organisation, die bei Herder oder Moritz nicht zur Stiftung einer Kunstkritik hatten führen können, sondern mit einer, wenn auch in Begriffen absorbierten, eigentlichen Theorie der Kunst: als eines Reflexionsmediums, und des Werkes: als eines Zentrums der Reflexion. Damit sicherte er von der Objekt- oder Gebilde-Seite her diejenige Autonomie im Gebiete der Kunst, welche Kant der Urteilskraft in ihrer Kritik verliehen hatte. Der Kardinalgrundsatz der kritischen Betätigung seit der Romantik, die Beurteilung der Werke an ihren immanenten Kriterien, ist auf Grund romantischer Theorien gewonnen, welche gewiß in ihrer reinen Gestalt keinen heutigen Denker völlig befriedigen. Schlegel überträgt die Betonung seines schlechthin neuen Grundsatzes der

Kritik auf den „Wilhelm Meister", indem er ihn das „schlechthin neue und einzige Buch, welches man nur aus sich selbst verstehen lernen kann", nennt. Novalis ist auch in diesem Grundsatz mit Schlegel einig: „Formeln für Kunstindividuen finden, durch die sie im eigentlichsten Sinn erst verstanden werden, macht das Geschäft eines artistischen Kritikers aus, dessen Arbeiten die Geschichte der Kunst vorbereiten". Vom Geschmack, auf den sich der Rationalismus für seine Regeln berief, soweit sie nicht rein historisch begründet werden, sagt er: „Der Geschmack allein beurteilt nur negativ".

Ein genau bestimmter Begriff des Werkes wurde also durch diese romantische Theorie zu einem Korrelatbegriff des Begriffs der Kritik.

II Das Kunstwerk

Die romantische Theorie des Kunstwerks ist die Theorie seiner Form. Die begrenzende Natur der Form haben die Frühromantiker mit der Begrenztheit jeder endlichen Reflexion identifiziert und durch diese einzige Erwägung den Begriff des Kunstwerks innerhalb ihrer Anschauungswelt determiniert. Ganz analog zu dem Gedanken, mit welchem in seiner ersten Schrift zur Wissenschaftslehre Fichte die Reflexion an der bloßen Form der Erkenntnis sich manifestieren sieht (s.o. p.20 f.) bekundet den Romantikern das reine Wesen der Reflexion sich an der rein formalen Erscheinung des Kunstwerks. Die Form ist also der gegenständliche Ausdruck der dem Werke eigenen Reflexion, welche sein Wesen bildet. Sie ist die Möglichkeit der Reflexion in dem Werke, sie liegt ihm also a priori als ein Daseinsprinzip zugrunde; durch seine Form ist das Kunstwerk ein lebendiges Zentrum der Reflexion. Im Medium der Reflexion, in der Kunst, bilden sich immer neue Reflexionszentren. Je nach ihrem geistigen Keim umfassen sie größere oder kleinere Zusammenhänge reflektierend. Die Unendlichkeit der Kunst kommt zunächst allein in einem solchen Zentrum als in einem Grenzwert zur Reflexion, d.h. zur Selbsterfassung und damit zur Erfassung überhaupt. Dieser Grenzwert ist die Darstellungsform des einzelnen Werkes. Auf ihr beruht die Möglichkeit einer relativen Einheit und Abgeschlossenheit des Werkes im Medium der Kunst. – Weil aber jede einzelne Reflexion in diesem Medium nur eine vereinzelte, eine zufällige sein kann, ist auch die Einheit des Werkes gegenüber der der Kunst nur eine relative; das Werk bleibt mit einem Moment der Zufälligkeit behaftet. Diese besondere Zufälligkeit als eine prinzipiell notwendige, d.h. unvermeidliche einzugestehen, sie durch die strenge Selbstbeschränkung der Reflexion zu bekennen, ist die genaue Funktion der Form. Praktische, d.h. bestimmte Reflexion, Selbstbeschränkung bilden Individualität und Form des Kunstwerks. Denn damit die Kritik, wie oben (s. o. p. 67) ausgeführt wurde, Aufhebung aller Begrenzung sein könne, muß das Werk auf dieser beruhen. Ihre Aufgabe erfüllt die Kritik, indem sie, je geschlossener die Reflexion, je strenger die Form des Werkes ist, desto vielfacher und intensiver diese aus sich heraustreibt, die ursprüngliche Reflexion in einer höheren auflöst und so fortfährt. In dieser Arbeit beruht sie auf den Keimzellen der Reflexion, den positiv formalen Momenten des Werkes, die sie zu universal formalen auflöst. So stellt sie die Beziehung des einzelnen Werkes auf die Idee der Kunst und damit die Idee des einzelnen Werkes selbst dar.

Friedrich Schlegel gibt zwar, besonders um 1800, auch über den Inhalt des wahren Kunstwerks Bestimmungen, sie beruhen jedoch auf jenen schon genannten Überdeckungen und Trübungen des Grundbegriffs des Reflexionsmediums, in denen er seine methodische Kraft verliert. Wo er das absolute Medium nicht mehr als Kunst, sondern als Religion bestimmt, erfaßt er das Kunstwerk von der Seite seines Inhalts nur unklar, er vermag sich seine Ahnung von einem würdigen Inhalt trotz aller Mühe nicht zu verdeutlichen, dieser bleibt Tendenz; er verlangt in ihm die eigentümlichen Züge seines religiösen Kosmos wiederzufinden, während zugleich, zum Zeichen jener Unklarheit, seine Idee der Form um nichts gewinnt. Vor dieser Veränderung seines Weltbildes und wo die älteren Lehren noch ferner wirksam blieben, hat er gemeinschaftlich mit Novalis einen strengen Begriff des Werkes in Verbindung mit einem Formbegriff, der auf der Philosophie der Reflexion beruht, als neue Errungenschaft im Namen der romantischen Schule vertreten: „Was Ihr in den philosophischen Büchern von der Kunst und von der Form gesagt findet, reicht ungefähr hin, um die Uhrmacherkunst zu erklären. Von höherer Kunst und Form findet Ihr auch nirgends nur die leiseste Ahnung". Die höhere Form ist die Selbstbeschränkung der Reflexion. In diesem Sinne handelt das 37. Lyzeumsfragment von „Wert und ... Würde der Selbstbeschränkung, die doch für den Künstler wie für den Menschen ... das Notwendigste und das Höchste ist. Das

Notwendigste: denn überall, wo man sich nicht selbst beschränkt, beschränkt einen die Welt; wodurch man ein Knecht wird. Das Höchste: denn man kann sich nur in *den* Punkten und an *den* Seiten selbst beschränken, wo man unendliche Kraft hat; Selbstschöpfung und Selbstvernichtung ... Ein Schriftsteller ..., der sich rein ausreden will und kann, ... ist sehr zu beklagen. Nur vor ... Fehlern hat man sich zu hüten. Was unbedingte Willkür ... scheint und scheinen soll, muß dennoch im Grunde auch wieder schlechthin notwendig ... sein; sonst ... entsteht Illiberalität, und aus Selbstbeschränkung wird Selbstvernichtung". Diese „liberale Selbstbeschränkung", die Enders mit Recht „eine strenge Forderung romantischer Kritik" nennt, leistet die Darstellungsform des Werkes. Nirgends findet sich das Wesentliche dieser Anschauung klarer ausgesprochen als in einem Fragment des Novalis, welches sich nicht auf die Kunst, sondern auf die staatliche Sitte bezieht: „Da nun in der höchsten Belebung der Geist zugleich am wirksamsten ist, die Wirkungen des Geistes Reflexionen sind, die Reflexion aber, ihrem Wesen nach, bildend ist, mit der höchsten Belebung also die schöne oder vollkommene Reflexion verknüpft ist, so wird auch der Ausdruck des Staatsbürgers in der Nähe des Königs Ausdruck der höchsten zurückgehaltenen Kraftfülle, Ausdruck der lebhaftesten Regungen, beherrscht durch die achtungsvollste Besonnenheit ... sein". . Hier ist nur für den Staatsbürger das Kunstwerk, für den König das Absolutum der Kunst einzusetzen, um aufs klarste gesagt zu finden, wie die bildende Kraft der Reflexion die Form des Werkes nach der Anschauung der Frühromantik prägt. Der Ausdruck „Werk" ist für das also bestimmte Gebilde von Friedrich Schlegel mit Betonung gebraucht worden. Der „Lothario“ des „Gesprächs über die Poesie“ spricht von dem Selbständigen, Insichvollendeten, wofür er „nun eben kein anderes Wort finde, als das von Werken, und es darum gern für diesen Gebrauch behalten möchte“. Im gleichen Zusammenhang liest man die folgende Wechselrede: „Lothario: ... Nur dadurch, daß es Eins und Alles ist, wird ein Werk zum Werk. Nur dadurch unterscheidet sich's vom Studium. Antonio: Ich wollte Ihnen doch Studien nennen, die dann in Ihrem Sinne zugleich Werke sind“. Hier enthält die Antwort einen berichtigenden Hinweis auf die Doppelnatur des Werkes: es ist nur eine relative Einheit, bleibt ein Essay, in welchem Ein und Alles sich angelegt findet. Noch in der Anzeige von Goethes Werken aus dem Jahre 1808 heißt es bei Schlegel: „... an Fülle der inneren Durchbildung geht der ›Meister‹ vielleicht jedem andern Werke unseres Dichters vor, keines ist in dem Grade ein Werk“. Zusammenfassend bezeichnet Schlegel die Bedeutung der Reflexion für Werk und Form mit folgenden Worten: „Gebildet ist ein Werk, wenn es überall scharf begrenzt, innerhalb der Grenzen aber grenzenlos ... ist, wenn es sich selbst ganz treu, überall gleich und doch über sich selbst erhaben ist“. Wenn kraft seiner Form das Kunstwerk ein Moment des absoluten Mediums der Reflexion ist, so hat Novalis' Satz: „Jedes Kunstwerk hat ein Ideal a priori, eine Notwendigkeit bei sich, da zu sein“ nichts Unklares an sich; eine Formulierung, in der die prinzipielle Überwindung des dogmatischen Rationalismus in der Ästhetik vielleicht am deutlichsten ist. Denn dies ist ein Standpunkt, zu dem eine Einschätzung des Werkes nach Regeln niemals führen konnte, ebensowenig wie eine Theorie, welche das Werk nur als

Produkt eines genialischen Kopfes verstand. „Halten Sie es etwa für unmöglich, zukünftige Gedichte a priori zu konstruieren?“ fragt ganz übereinstimmend der Ludoviko bei Schlegel.

Neben der Shakespeareübersetzung ist die bleibende dichterische Leistung der Romantik die Eroberung der romanischen Kunstformen für die deutsche Literatur gewesen. Ihr Streben war mit vollem Bewußtsein auf die Eroberung, Ausbildung und Reinigung der Formen gerichtet. Doch war ihr Verhältnis zu ihnen ein ganz anderes als das der vorhergehenden Generationen. Die Romantiker faßten nicht, wie die Aufklärung, die Form als eine Schönheitsregel der Kunst, ihre Befolgung als eine notwendige Vorbedingung für die erfreuliche oder erhebende Wirkung des Werkes auf. Die Form galt ihnen weder selbst als Regel noch auch als abhängig von Regeln. Diese Auffassung, ohne welche das wahrhaft bedeutende italienische, spanische und portugiesische Übersetzungswerk A. W. Schlegels undenkbar ist, hat sein Bruder philosophisch intentioniert. Jede Form als solche gilt als eine eigentümliche Modifikation der Selbstbegrenzung der Reflexion, einer andern Rechtfertigung bedarf sie nicht, weil sie nicht Mittel zur Darstellung eines Inhalts ist. Das romantische Bemühen um Reinheit und Universalität im Gebrauch der Formen beruht auf der Überzeugung, in der kritischen Auflösung ihrer Prägnanz und Vielfältigkeit (in der Absolutierung der in ihnen gebundenen Reflexion) auf ihren Zusammenhang als Momente im Medium zu stoßen. Die Idee der Kunst als eines Mediums schafft also zum ersten Male die Möglichkeit eines undogmatischen oder freien Formalismus, eines liberalen Formalismus, wie die Romantiker sagen würden. Die frühromantische Theorie begründet die Geltung der Formen unabhängig vom Ideal der Gebilde. Die ganze philosophische Tragweite dieser Einstellung nach ihrer positiven und negativen Seite zu bestimmen, ist eine Hauptaufgabe der vorliegenden Abhandlung. – Wenn also Friedrich Schlegel von der Denkweise über die Gegenstände der Kunst verlangt, daß sie „absolute Liberalität mit absolutem Rigorismus vereinigt" enthalte, so darf man diese Forderung auch auf das Kunstwerk selbst, hinsichtlich seiner Form, beziehen. Eine solche Vereinigung hieße ihm in „dem edleren und ursprünglichen Sinne des Worts korrekt, da es absichtliche Durchbildung ... des Innersten ... im Werke nach dem Geist des Ganzen, praktische Reflexion des Künstlers bedeutet".

Dies ist die Struktur des Werkes, für das die Romantiker eine immanente Kritik verlangen. Dieses Postulat birgt eine eigentümliche Paradoxie in sich. Denn es ist nicht abzusehen, wie ein Werk an seinen eigenen Tendenzen kritisiert werden könnte, weil diese Tendenzen, soweit sie einwandfrei feststellbar, erfüllt, und soweit sie unerfüllt, nicht einwandfrei feststellbar sind. Diese letzte Möglichkeit muß im extremen Falle die Gestalt annehmen, daß innere Tendenzen überhaupt fehlen und sonach die immanente Kritik unmöglich werden würde. Der romantische Begriff der Kunstkritik ermöglicht die Auflösung dieser beiden Paradoxien. Die immanente Tendenz des Werkes und demgemäß der Maßstab seiner immanenten Kritik ist die ihm zugrunde liegende und in. seiner Form ausgeprägte Reflexion. Diese ist jedoch in Wahrheit nicht sowohl der Maßstab der Beurteilung, als zuvörderst und in erster Linie die Grundlage einer völlig anderen, nicht beurteilend eingestellten Art von Kritik, deren Schwergewicht nicht in der Einschätzung des einzelnen Werkes, sondern in der Darstellung seiner Relationen zu allen übrigen Werken und endlich zu der Idee der Kunst liegt. Friedrich Schlegel bezeichnet es als die Tendenz seines kritischen Werkes „trotz eines oft peinlichen Fleißes im einzelnen ... dennoch alles im ganzen nicht sowohl beurteilend zu würdigen, als zu verstehen und zu erklären". Kritik ist also, ganz im Gegensatz zur heutigen Auffassung ihres Wesens, in ihrer zentralen Absicht nicht Beurteilung, sondern einerseits Vollendung, Ergänzung, Systematisierung des Werkes, andrerseits seine Auflösung im Absoluten. Beide Prozesse fallen letzten Endes, wie sich noch zeigen wird, zusammen. Das Problem der immanenten Kritik verliert seine Paradoxie in der romantischen Definition dieses Begriffs, nach welchem er nicht eine Beurteilung des Werkes meint, für die einen ihm immanenten Maßstab anzugeben widersinnig wäre. Kritik des Werkes ist vielmehr seine Reflexion, welche selbstverständlich nur den ihm immanenten Keim derselben zur Entfaltung bringen kann. Diese Theorie der Kritik erstreckt ihre Folgerungen allerdings auch auf die Theorie der Beurteilung der Werke. In drei Grundsätzen lassen diese Folgerungen sich aussprechen, welche ihrerseits die unmittelbare Entgegnung auf die oben aufgeworfene Paradoxie des Gedankens der immanenten Beurteilung geben. Diese drei Grundsätze der romantischen Theorie der Beurteilung von Kunstwerken lassen sich formulieren als das Prinzip von der Mittelbarkeit der Beurteilung, von der

Unmöglichkeit einer positiven Wertskala und von der Unkritisierbarkeit des Schlechten.

Das erste Prinzip, eine klare Folgerung aus dem Dargelegten, besagt, daß die Beurteilung eines Werkes niemals eine explizite, sondern stets eine im Faktum seiner romantischen Kritik (d.h. seiner Reflexion) implizierte sein muß. Denn der Wert des Werkes hängt einzig und allein davon ab, ob es seine immanente Kritik überhaupt möglich macht oder nicht. Ist diese möglich, liegt also im Werke eine Reflexion vor, welche sich entfalten, absolutieren und im Medium der Kunst auflösen läßt, so ist es ein Kunstwerk. Die bloße Kritisierbarkeit eines Werkes stellt das positive Werturteil über dasselbe dar; und dieses Urteil kann nicht durch eine gesonderte Untersuchung, vielmehr allein durch das Faktum der Kritik selbst gefällt werden, weil es gar keinen andern Maßstab, kein Kriterium für das Vorhandensein einer Reflexion gibt, als die Möglichkeit ihrer fruchtbaren Ent! faltung, die Kritik heißt. Jene implizite Beurteilung der Kunstwerke in der romantischen Kritik ist zweitens dadurch bemerkenswert, daß ihr keine Wertskala zur Verfügung steht. Ist ein Werk kritisierbar, so ist es ein Kunstwerk, andernfalls ist es keines – ein Mittleres zwischen diesen beiden Fällen ist undenkbar, unerfindlich aber auch ein Kriterium der Wertunterscheidung unter den wahren Kunstwerken selbst. Das meint Novalis mit den Worten: „Kritik der Poesie ist ein Unding. Schwer schon ist zu entscheiden, doch einzig mögliche Entscheidung, ob etwas Poesie sei oder nicht". Und Friedrich Schlegel formuliert das gleiche, wenn er sagt, daß der Stoff der Kritik „nur das Klassische und schlechthin Ewige sein kann". In dem

Grundsatz von der Unkritisierbarkeit des Schlechten liegt eine der charakteristischsten Ausprägungen der romantischen Konzeption der Kunst und ihrer Kritik vor. Am deutlichsten hat ihn Schlegel im Abschluß des Lessingaufsatzes ausgesprochen: Es „kann ... wahre Kritik gar keine Notiz nehmen von Werken, die nichts beitragen zur Entwicklung der Kunst ...; ja es ist sonach eine wahre Kritik auch nicht einmal möglich von dem, was nicht in Beziehung steht auf jenen Organismus der Bildung und des Genies, von dem, was fürs Ganze und im Ganzen eigentlich nicht existiert". „Es wäre illiberal, nicht vorauszusetzen, ein jeder Philosoph sei ... rezensibel; ... Aber anmaßend wäre es, Dichter ebenso zu behandeln; es müßte denn einer durch und durch Poesie und gleichsam ein lebendes und handelndes Kunstwerk sein," heißt es im 67. Athenäumsfragment. Der romantische terminus technicus für das Verhalten, welches nicht nur in der Kunst, sondern auf allen Gebieten des Geisteslebens dem Grundsatz der Unkritisierbarkeit des Schlechten entspricht, heißt „annihilieren". Er bezeichnet die indirekte Widerlegung des Nichtigen durch Stillschweigen, durch seine ironische Lobpreisung oder durch die Lobeserhebung des Guten. Die Mittelbarkeit der Ironie ist im Sinne Schlegels der einzige Modus, unter dem die Kritik dem Nichtigen geradezu entgegenzutreten vermag.

Es soll wiederholt werden, daß die Frühromantiker diese wichtigen sachlichen Bestimmungen über die Kunstkritik nicht im Zusammenhange gegeben haben, daß ihnen die geprägten Formulierungen in ihrer systematischen Schärfe zum Teil gewiß fern lagen, daß keiner der drei Grundsätze in ihrer Praxis streng befolgt worden ist. Hier handelt es sich weder um die Untersuchung ihrer kritischen Gepflogenheiten, noch um die Zusammenstellung dessen, was in diesem oder jenem Sinne bei ihnen über Kunstkritik zu finden ist, sondern um die Analysis dieses Begriffs nach seinen eigensten philosophischen Intentionen. Kritik, welche für die heutige Auffassung das Subjektivste ist, war für die Romantiker das Regulativ aller Subjektivität, Zufälligkeit und Willkür im Entstehen des Werkes. Während sie sich nach heutigen Begriffen aus der sachlichen Erkenntnis und der Wertung des Werkes zusammensetzt, ist es das Auszeichnende des romantischen Kritikbegriffs, eine besondere subjektive Einschätzung des Werkes im Geschmacksurteil nicht zu kennen. Die Wertung ist der sachlichen Untersuchung und Erkenntnis des Werkes immanent. Nicht der Kritiker fällt über dieses das Urteil, sondern die Kunst selbst, indem sie entweder im Medium der Kritik das Werk in sich aufnimmt oder es von sich abweist und eben dadurch unter aller Kritik schätzt. Die Kritik sollte mit dem, was sie behandelt, die Auslese unter den Werken herstellen. Ihre objektive Intention hat sich nicht allein in ihrer Theorie ausgesprochen. Wenigstens ist, wenn in ästhetischen Dingen die historische Geltungsdauer der Einschätzungen einen Hinweis auf das, was man allein sinngemäß ihre Objektivität nennen kann, gibt, die Geltung der kritischen Urteile der Romantik bestätigt worden. Sie haben die Grundeinschätzung der historischen Werke Dantes, Boccaccios, Shakespeares, Cervantes', Calderons ebenso wie die der ihnen gegenwärtigen Erscheinung Goethes bis auf die Gegenwart bestimmt.

Die Kraft der objektiven Intentionen in der Frühromantik ist von den meisten Autoren gering eingeschätzt worden. Da Friedrich Schlegel selbst von der Epoche seiner „revolutionären Objektivitätwut“, von der unbedingten Verehrung des griechischen Kunstgeistes sich bewußt abgewandt hatte, suchte man in den Schriften seiner reiferen Zeit vor allem nach den Dokumenten der Reaktion gegen diese Jugendideen, und man fand sie im reichsten Maße. So zahlreiche Belege einer übermütigen Subjektivität sich aber in diesen Schriften in der Tat finden, so ist doch schon die Erwägung der ultraklassizistischen Anfänge und des streng katholischen Ausgangs dieses Schriftstellers geeignet, die Betonung der subjektivistischen Formeln oder Formulierungen aus der Zeit von 1796 bis 1800 zu mäßigen. Denn um bloße Formulierungen handelt es sich in seinen subjektivsten Aussprüchen zum Teil in der Tat; es sind Prägungen, die man nicht immer für bare Münze zu nehmen hat. Man hat den philosophischen Standpunkt Friedrich Schlegels zur Athenäumszeit meist durch seine Theorie der Ironie gekennzeichnet. Sie ist an dieser Stelle einmal darum zu behandeln, weil unter ihrem Titel prinzipielle Einwendungen gegen die Betonung der objektiven Momente seines Denkens nahe liegen; ferner aber, weil jene Theorie in einer bestimmten Hinsicht mit diesen Momenten, weit entfernt, ihnen zu widersprechen, in einem engen Zusammenhang steht.

Zahlreiche Elemente sind in den verschiedenen Auslassungen über die Ironie zu unterscheiden, ja es dürfte zum Teil ganz unmöglich sein, diese verschiedenartigen Elemente in einem Begriff ohne Widersprüche zu vereinigen. Der Ironiebegriff hat eben für

Schlegel seine zentrale Bedeutung nicht nur durch seine Beziehung auf bestimmte Sachverhalte in einem theoretischen Sinn, sondern mehr noch als eine lediglich intentionale Einstellung erhalten. Als solche hatte diese Einstellung nicht einen Sachverhalt im Auge, sondern lag als Äußerung einer stets lebendigen Opposition gegen herrschende Ideen und häufig als Maske der Hilflosigkeit ihnen gegenüber in Bereitschaft. Nicht in seiner Bedeutung für die Individualität, wohl aber für das Weltbild Schlegels kann daher der Ironiebegriff leicht überschätzt werden. Die klare Einsicht in diesen Begriff wird endlich dadurch erschwert, daß auch da, wo er unstreitig auf gewisse Sachverhalte anspielt, unter den mannigfachen Beziehungen, die er eingeht, es nicht immer leicht ist, die im einzelnen Fall gemeinten, und sehr schwer, die allgemein maßgebenden festzustellen. Soweit diese Sachverhalte nicht die Kunst, sondern Erkenntnistheorie und Ethik betreffen, müssen sie hier unberücksichtigt bleiben.

Für die Kunsttheorie hat der Ironiebegriff eine doppelte Bedeutung, in deren einer er in der Tat Ausdruck eines reinen Subjektivismus ist. Allein in dieser ist er bisher in der Literatur über die Romantik aufgefaßt und eben infolge dieser einseitigen Auffassung als Zeugnis des besagten Subjektivismus durchaus überschätzt worden. Die romantische Poesie anerkennt „als ihr erstes Gesetz ..., daß die Willkür des Dichters kein Gesetz über sich leide“, heißt es scheinbar ganz unzweideutig. Allein bei genauer Betrachtung erhebt sich die Frage, ob mit diesem Satz eine positive Aussage über die Rechtssphäre des schaffenden Künstlers oder nur eine überschwengliche Formulierung der Forderung, welche die romantische Poesie an ihren Dichter stellt, gegeben sein soll. In beiden Fällen wird man sich entschließen müssen, interpretierend den Satz sinnvoll und verständlich zu machen. Vom zweiten Fall ausgehend, hätte man zu verstehen, daß der romantische Dichter „durch und durch Poesie“ sein solle, wie Schlegel es an andrer Stelle als paradoxes Ideal ungläubig aufstellt. Ist der Künstler die Poesie selbst, so duldet allerdings seine Willkür kein Gesetz über sich, weil sie nichts anderes ist als eine dürftige Metapher der Autonomie der Kunst. Der Satz bleibt leer. Im ersten Falle dagegen wird man den Satz als ein Urteil über den Machtbereich des Künstlers begreifen, muß sich aber dann entschließen, unter dem Dichter etwas anderes zu verstehen als ein Wesen, das etwas macht, das es selbst ein Gedicht nennt. Man muß unter dem Dichter den wahren, den urbildlichen Dichter verstehen und hat damit unmittelbar die Willkür als Willkür des wahren Dichters verstanden, die begrenzt ist. Der Autor echter Kunstwerke ist in denjenigen Beziehungen eingeschränkt, in denen das Kunstwerk einer objektiven Gesetzlichkeit der Kunst unterworfen ist; wenn man nicht (wie im andern Fall der Interpretation) den Autor als die bloße Personifikation der Kunst verstehen will, was vielleicht in diesem Falle und jedenfalls an mehreren andern Stellen Schlegels Meinung war. Die objektive Gesetzlichkeit, welcher das Kunstwerk durch die Kunst unterworfen ist, besteht, wie dargelegt worden, in dessen Form. Die Willkür des wahren Dichters hat also ihren Spielraum allein im Stoff, und sie wird, soweit sie bewußt und spielerisch waltet, zur Ironie. Dies ist die subjektivistische Ironie. Ihr Geist ist der des Autors, der sich über die Stofflichkeit des Werkes erhebt, indem er sie mißachtet. Es spielt dabei übrigens bei Schlegel der Gedanke hinein, daß etwa der Stoff selbst in solchem Verfahren „poetisiert“, veredelt werden mag, wenn es auch wohl dazu nach seiner Ansicht noch anderer, positiver Momente, der Ideen der Lebenskunst, bedarf, welche im Stoffe dargestellt werden. Richtig nennt Enders Ironie die Fähigkeit, „sich unmittelbar von dem in der Erfindung Dargestellten zum darstellenden Zentrum zu bewegen und von da das erstere zu betrachten“, ohne jedoch zu berücksichtigen, daß dieses Verhalten allein dem Stoffe gegenüber nach der romantischen Anschauung stattfinden kann.

Dennoch gibt es, wie ein Blick auf die poetische Produktion der Frühromantik zeigt, eine Ironie, welche nicht nur die Stoffe angreift, sondern auch über die Einheit der dichterischen Form sich hinwegsetzt. Diese Ironie ist es, welche die Meinung von einem romantischen Subjektivismus sans phrase begünstigt hat, weil die vollständige Verschiedenheit dieser Ironisierung der Kunstform von der des Stoffes nicht mit genügender Klarheit erkannt worden ist. Diese beruht auf einem Verhalten des Subjekts, jene stellt ein objektives Moment am Werke dar. Wie an den meisten Unklarheiten, welche über ihre Lehren bestehen, tragen auch an dieser die Romantiker ihren Anteil. Sie selber haben die sachlich deutliche Scheidung als eine solche niemals zum Ausdruck gebracht. – Die Ironisierung der Form besteht in ihrer freiwilligen Zerstörung, wie sie unter den romantischen Produktionen, und wohl in der ganzen Literatur überhaupt, Tiecks Komödien in der extremsten Form zeigen. Die dramatische Form läßt sich im höchsten Maße und am eindrucksvollsten unter allen ironisieren, weil sie das höchste Maß von Illusionskraft enthält und dadurch die Ironie in hohem Grade in sich aufnehmen kann, ohne sich völlig aufzulösen. Von der Zerstörung der Illusion in der aristophanischen Komödie sagt Schlegel: „Diese Verletzung ist nicht Ungeschicklichkeit, sondern besonnener Mutwille, überschäumende Lebensfülle und tut oft gar keine üble Wirkung, erhöht sie vielmehr, denn vernichten kann sie die Täuschung doch nicht. Die höchste Regsamkeit des Lebens ... verletzt ..., um zu reizen, ohne zu zerstören". Denselben Gedanken gibt Pulver wieder, wenn er schreibt: „Fassen wir zusammen, was Friedrich Schlegel zur höchsten Wertschätzung einer vollkommen gedachten Komödie bewog, so ist es" ihr „schöpferisches Spiel mit sich selbst, ihr rein ästhetischer Staat, den keine Durchbrechung und Verletzung der Illusion zu zerstören vermag". Die Ironisierung der Form greift also nach diesen Äußerungen dieselbe an, ohne sie doch zu zerstören, und auf diese Irritation soll die Illusionsstörung in der Komödie es absehen. Dieses Verhältnis zeigt eine auffallende Verwandtschaft mit der Kritik, welche unwiderruflich und ernsthaft die Form auflöst, um das einzelne Werk ins absolute Kunstwerk zu verwandeln, zu romantisieren.

Ja, auch das Werk, das teuer erkaufte, es
bleibe Dir köstlich;
Aber so Du es liebst, gib ihm Du selber
den Tod,

Haltend im Auge das Werk, das der Sterblichen
keiner wohl endet:

Denn von des Einzelnen Tod blüht ja des
Ganzen Gebild.

„Wir müssen uns über unsre eigne Liebe erheben und, was wir anbeten, in Gedanken vernichten können, sonst fehlt uns ... der Sinn für das Unendliche". In diesen Äußerungen hat Schlegel sich über das Zerstörende in der Kritik, über ihre Zersetzung der Kunstform deutlich ausgesprochen. Weit entfernt, eine subjektive Velleität des Autors darzustellen, ist also diese Zerstörung der Form die Aufgabe der objektiven Instanz in der Kunst, der Kritik. Und andererseits macht Schlegel genau das gleiche zum Wesen der ironischen Äußerung des Dichters, wenn er die Ironie als eine Stimmung bezeichnet, „welche alles übersieht und sich über alles Bedingte unendlich erhebt, auch über eigne Kunst, Tugend oder Genialität". Es ist also bei dieser Art der Ironie, welche aus der Beziehung auf das Unbedingte entspringt, nicht die Rede von Subjektivismus und Spiel, sondern von der Angleichung des begrenzten Werkes an das Absolute, von seiner völligen Objektivierung um den Preis seines Untergangs. Diese Form der Ironie stammt aus dem Geiste der Kunst, nicht aus dem Willen des Künstlers. Es versteht sich von selbst, daß sie, wie die Kritik, sich nur in der Reflexion darstellen kann. Reflexiv ist auch die Ironisierung des Stoffes, doch beruht diese auf einer subjektiven, spielerischen Reflexion des Autors. Die Ironie des Stoffes vernichtet diesen; sie ist negativ und subjektiv, positiv und objektiv dagegen die der Form. Die eigentümliche Positivität dieser Ironie ist zugleich ihr unterscheidendes Merkmal von der ebenfalls objektiv gerichteten Kritik. Wie verhält sich die

Zerstörung der Illusion in der Kunstform durch die Ironie zur Zerstörung des Werkes durch die Kritik? Die Kritik opfert um des Einen Zusammenhanges willen das Werk gänzlich. Dasjenige Verfahren dagegen, welches unter Erhaltung des Werkes selbst dennoch seine völlige Bezogenheit auf die Idee der Kunst zu veranschaulichen vermag, ist die (formale) Ironie. Sie zerstört nicht allein das Werk nicht, das sie angreift, sondern sie nähert es selbst der Unzerstörbarkeit. Durch die Zerstörung der bestimmten Darstellungsform des Werkes in der Ironie wird die relative Einheit des Einzelwerkes tiefer in die der Kunst als des Universalwerkes zurückgestoßen, sie wird, ohne verloren zu gehen, völlig auf diese bezogen. Denn nur graduell ist die Einheit des Einzelwerkes von der der Kunst, in welche sie sich jederzeit in Ironie und Kritik verschiebt, unterschieden. Die Romantiker selbst hätten die Ironie nicht als künstlerisch empfinden können, wenn sie in ihr die absolute Zersetzung des Werkes gesehen hätten. Daher betont Schlegel in der genannten Bemerkung (s.o. p.84) die Unzerstörbarkeit des Werkes. – Um dieses Verhältnis abschließend deutlich zu machen, ist ein doppelter Formbegriff einzuführen. Die bestimmte Form des einzelnen Werkes, die man als Darstellungsform bezeichnen möge, wird das Opfer ironischer Zersetzung. Über ihr aber reißt die Ironie einen Himmel ewiger Form, die Idee der Formen, auf, die man die absolute Form nennen mag, und sie erweist das Überleben des Werkes, das aus dieser Sphäre sein unzerstörbares Bestehen schöpft, nachdem die empirische Form, der Ausdruck seiner isolierten Reflexion, von ihr verzehrt wurde. Die Ironisierung der Darstellungsform ist gleichsam der Sturm, der den Vorhang vor der transzendentalen Ordnung der Kunst aufhebt und diese und in ihr das unmittelbare Bestehen des Werkes als eines Mysteriums enthüllt. Das Werk ist nicht, wie es Herder betrachtete, wesentlich eine Offenbarung und ein Mysterium schöpferischer Genialität, die man wohl ein Mysterium der Substanz nennen dürfte, es ist ein Mysterium der Ordnung, Offenbarung seiner absoluten Abhängigkeit von der Idee der Kunst, seines ewigen unzerstörbaren Aufgehobenseins in derselben. In diesem Sinne kennt Schlegel „Grenzen des sichtbaren Werkes", jenseits deren der Bereich des unsichtbaren Werkes, der Idee der Kunst sich öffnet. Der Glaube an die Unzerstörbarkeit des Werkes, wie er in Tiecks ironischen Dramen, in Jean Pauls zerfetzten Romanen sich ausspricht, war eine mystische Grundüberzeugung der Frühromantik. Nur aus ihr wird es verständlich, warum die Romantiker sich nicht mit der Forderung der Ironie als einer Gesinnung des Künstlers begnügten, sondern sie im Werke dargestellt zu sehen verlangten. Sie hat eine andere Funktion als Gesinnungen, die, so wünschenswert sie sein mögen, eben weil sie nur in Hinsicht auf den Künstler zu fordern sind, im Werk nicht selbständig hervortreten dürfen. Die formale Ironie ist nicht, wie Fleiß oder Aufrichtigkeit, ein intentionales Verhalten des Autors. Sie kann nicht, wie es üblich ist, als Index einer subjektiven Schrankenlosigkeit verstanden, sondern muß als objektives Moment im Werke selbst gewürdigt werden. Sie stellt den paradoxen Versuch dar, am Gebilde noch durch Abbruch zu bauen: im Werke selbst seine Beziehung auf die Idee zu demonstrieren.

III. Die Idee der Kunst

Die romantische Kunsttheorie gipfelt im Begriff der Idee der Kunst, in dessen Analysis die Bestätigung aller übrigen Lehren und der Aufschluß über deren letzte Intentionen zu suchen ist. Weit entfernt, lediglich ein schematischer Beziehungspunkt der einzelnen Theoreme über die Kritik, das Werk, die Ironie usw. zu sein, ist dieser Begriff sachlich auf das bedeutendste ausgestaltet. Erst in ihm ist Das zu finden, was als innerste Eingebung die Romantiker in ihrem Denken über das Wesen der Kunst geleitet hat. Methodisch beruht die gesamte romantische Kunsttheorie auf der Bestimmung des absoluten Reflexionsmediums als Kunst, genauer gesagt als der Idee der Kunst. Da das Organ der künstlerischen Reflexion die Form ist, so ist die Idee der Kunst definiert als das Reflexionsmedium der Formen. In diesem hängen alle Darstellungsformen stetig zusammen, gehen in einander über und vereinigen sich zur absoluten Kunstform, welche mit der Idee der Kunst identisch ist. Die romantische Idee der Einheit der Kunst liegt also in der Idee eines Kontinuums der Formen. Beispielsweise würde also die Tragödie für den Schauenden kontinuierlich mit dem Sonett zusammenhängen. Ein Unterschied zwischen dem Kantischen Begriff der Urteilskraft und dem romantischen der Reflexion läßt sich in diesem Zusammenhang unschwer andeuten: die Reflexion ist nicht, wie die Urteilskraft, ein subjektiv reflektierendes Verhalten, sondern sie liegt in der Darstellungsform des Werkes eingeschlossen, entfaltet sich in der Kritik, um sich endlich im gesetzmäßigen Kontinuum der Formen zu erfüllen. – Im „Herkules Musagetes“ heißt es mit Hindeutung auf jenen

Unterschied, der in den Termini Darstellungsform und absolute Form oben bezeichnet wurde, vom Dichter: „Ihm wird jegliche Form … sein eigen, | Sinnreich kann er … | Höher die Formen verbinden zur Form in leichtem Gewebe“. Jugendschriften II, 431. Ausführlicher wird es im 116. Athenäumsfragment als Bestimmung der romantischen Poesie bezeichnet, „alle getrennten Gattungen der Poesie wieder zu vereinigen … Sie umfaßt alles, was nur poetisch ist, vom größten wieder mehrere Systeme in sich enthaltenden Systeme der Kunst, bis zu dem Seufzer, dem Kuß, den das dichtende Kind aushaucht in kunstlosen Gesang … Die romantische Dichtart ist die einzige, die mehr als Art und gleichsam die Dichtkunst selbst ist“. Klarer konnte das Kontinuum der Kunstformen kaum bezeichnet werden. Zugleich beabsichtigt Schlegel, dieser Kunsteinheit, indem er sie als die romantische Poesie oder Dichtart bezeichnet, die bestimmteste sachliche Charakteristik zukommen zu lassen. Diese romantische Dichtart hat er im Sinne, wenn er sagt: „Man hat schon soviele Theorien der Dichtarten. Warum hat man noch keinen Begriff von Dichtart? Vielleicht würde man sich dann mit einer einzigen Theorie der Dichtarten behelfen müssen“. Die romantische Poesie ist also die Idee der Poesie selbst; sie ist das Kontinuum der Kunstformen. Schlegel hat sich aufs intensivste bemüht, die Bestimmtheit und Fülle, in der er diese Idee dachte, zum Ausdruck zu bringen. „Haben die Ideale für den Denker nicht soviel Individualität, wie die Götter des Altertums für den Künstler, so ist alle Beschäftigung mit Ideen nichts als ein langweiliges und mühsames Würfelspiel mit hohlen Formeln“. Insbesondere: „Sinn für Poesie … hat der, für den sie ein Individuum ist“. Und:

„Gibt es nicht Individuen, die ganze Systeme von Individuen in sich enthalten?“ Die Poesie wenigstens, als das Reflexionsmedium der Formen, muß ein solches Individuum sein. Man möchte bestimmt annehmen, daß Novalis an das Kunstwerk denkt, wenn er sagt: „Ein unendlich charakterisiertes Individuum ist Glied eines Infinitoriums“. Jedenfalls spricht er für Philosophie und Kunst das Prinzip eines Kontinuums der Ideen aus; die Ideen der Poesie sind nach romantischer Auffassung die Darstellungsformen. „Der Philosoph, der in seiner Philosophie alle einzelnen Philosopheme in ein einziges verwandeln, der aus allen Individuen derselben Ein Individuum machen kann, erreicht das Maximum in seiner Philosophie. Er erreicht das Maximum eines Philosophen, wenn er alle Philosophien in eine einzige Philosophie vereinigt ... Der Philosoph und Künstler verfahren organisch, wenn ich so sagen darf ... Ihr Prinzip, ihre Vereinigungsidee ist ein organischer Keim, der sich frei zu einer unbestimmte Individuen enthaltenden, unendlich individuellen, allbildsamen Gestalt entwickelt, ausbildet – eine ideenreiche Idee.“ “Alles befaßt die Kunst und Wissenschaft, von einem aufs andere, und so von einem auf alles, rhapsodisch oder systematisch zu gelangen; die geistige Weisekunst, die Divinationskunst.“ Diese Weisekunst ist selbstverständlich die Kritik, die von Friedrich Schlegel auch die „divinatorische“ genannt wird.

Um die Individualität der Kunsteinheit zum Ausdruck zu bringen, hat Schlegel seine Begriffe überspannt und nach einer Paradoxie gegriffen. Anders war der Gedanke, das höchste Allgemeine als Individualität auszusprechen, unvollziehbar. Dieser Gedanke hat jedoch seinerseits zum letzten Motiv keineswegs eine Absurdität oder auch nur einen Irrtum; vielmehr hat Schlegel in ihm ein wertvolles und gültiges Motiv lediglich falsch interpretiert. Dies Motiv war das Bestreben, den Begriff der Idee der Kunst vor dem Mißverständnis zu bewahren, er sei eine Abstraktion aus den empirisch vorgefundenen Kunstwerken. Er wollte diesen Begriff als eine Idee im platonischen Sinn, als ein πρτερον τή φύσει, als den Realgrund aller empirischen Werke bestimmen, und er beging die alte Vermengung von abstrakt und allgemein, wenn er ihn darum zu einem individuellen machen zu müssen glaubte. Nur in dieser Absicht bezeichnet Schlegel wieder und wieder mit Nachdruck die Einheit der Kunst, das Kontinuum der Formen selber als ein Werk. Dieses unsichtbare Werk ist es, welches das sichtbare, von dem er an anderer Stelle spricht (s.o. p.86), in sich aufnimmt. Am Studium der griechischen Poesie war Schlegel diese Konzeption aufgegangen, von dort hatte er sie auf die Poesie überhaupt übertragen: „Der systematische Winckelmann, der alle Alten gleichsam wie einen Autor las, alles im ganzen sah und seine gesamte Kraft auf die Griechen konzentrierte, legte durch die Wahrnehmung der absoluten Verschiedenheit des Antiken und des Modernen den ersten Grund zu einer materialen Altertumslehre. Erst wenn der Standpunkt und die Bedingungen der absoluten Identität des Antiken und Modernen, die war, ist oder sein wird, gefunden ist, darf man sagen, daß wenigstens der Kontur der Wissenschaft fertig sei und nun an die methodische Ausführung gedacht werden könne". . „Alle Gedichte des Altertums schließen sich eins an das andere, bis sich aus immer größern Massen und Gliedern das Ganze bildet ... Und so ist es wahrlich kein leeres Bild zu sagen: die alte Poesie sei ein einziges unteilbares, vollendetes Gedicht. Warum sollte nicht wieder von neuem werden, was schon gewesen ist? Auf eine andere Weise versteht sich. Und warum nicht auf eine schönere, größere?“ “Alle klassischen Gedichte der Alten hängen zusammen, unzertrennlich, bilden ein organisches Ganzes, sind richtig angesehen nur Ein Gedicht, das einzige, in welchem die Dichtkunst selbst vollkommen erscheint. Auf eine ähnliche Weise sollen in der vollkommenen Literatur alle Bücher nur Ein Buch sein. „So muß auch das Einzelne der Kunst, wenn es gründlich genommen wird, zum unermeßlichen Ganzen führen! Oder glaubt ihr in der Tat, daß wohl alles andere ein Gedicht und ein Werk sein könne, nur die Poesie selbst nicht?“ Für die werdende Einheit der Poesie als des unsichtbaren Werkes ist die Ausgleichung und Versöhnung der Formen der sichtbare und maßgebende Vorgang. – Letzten Endes steht die mystische These, daß die Kunst selbst ein Werk sei, – Schlegel hat sie um 1800 besonders in den Vordergrund seiner Gedanken gerückt – in genauem Zusammenhang mit dem Satz, welcher die Unzerstörbarkeit der Werke behauptet, die in der Ironie geläutert sind. Beide Sätze erklären, daß Idee und Werk in der Kunst nicht absolute Gegensätze sind. Die Idee ist Werk und auch das Werk ist Idee, wenn es die Begrenztheit seiner Darstellungsform überwindet.

Die Darstellung der Idee der Kunst im Gesamtwerk hat Schlegel zur Aufgabe der progressiven Universalpoesie gemacht; diese Bezeichnung der Poesie weist auf nichts anderes als jene Aufgabe hin. „Die romantische Poesie ist eine progressive Universalpoesie...

Die romantische Dichtart ist noch im Werden; ja das ist ihr eigentliches Wesen, daß sie ewig nur werden, nie vollendet sein kann." Von ihr gilt: „... eine Idee läßt sich nicht in einen Satz fassen. Eine Idee ist eine unendliche Reihe von Sätzen, eine irrationale Größe, unsetzbar, inkommensurabel ... Das Gesetz ihrer Fortschreitung läßt sich aber aufstellen". – An den Begriff der progressiven Universalpoesie kann das modernisierende Mißverständnis sich besonders leicht heften, wenn sein Zusammenhang mit dem des Reflexionsmediums unbeachtet bleibt. Es würde darin bestehen, die unendliche Progression als eine bloße Funktion der unbestimmten Unendlichkeit der Aufgabe einerseits, der leeren Unendlichkeit der Zeit andrerseits, aufzufassen. Aber es ist schon darauf hingewiesen worden, wie sehr Schlegel um Bestimmtheit, um Individualität der Idee, welche der progressiven Universalpoesie die Aufgabe stellt, rang. Die Unendlichkeit der Progression darf also den Blick von der Bestimmtheit ihrer Aufgabe nicht ablenken, und wenn schon in dieser Bestimmtheit nicht eigentlich Schranken liegen, so könnte doch die Formulierung, daß es für „diese werdende Poesie ... keine Schranken des Fortschritts, der Weiterentwicklung ... gibt", irreführen. Denn sie legt den Ton nicht auf das Wesentliche. Wesentlich ist vielmehr, daß die Aufgabe der progressiven Universalpoesie in einem Medium der Formen als dessen fortschreitend genauere Durchwaltung und Ordnung auf das bestimmteste gegeben ist. „... die Schönheit ... ist ... nicht bloß der leere Gedanke von etwas, was hervorgebracht werden soll, ... sondern auch ein Faktum, nämlich ein ewiges transzendentales." Dies ist sie als Kontinuum der Formen, als ein Medium, dessen

Versinnlichung durch das Chaos als den Schauplatz ordnender Durchwaltung schon bei Novalis (s. o. p. 38) begegnet ist. Auch in der folgenden Bemerkung Schlegels ist das Chaos nichts anderes, als das Sinnbild des absoluten Mediums: „Aber die höchste Schönheit, ja die höchste Ordnung ist denn doch nur die des Chaos, nämlich eines solchen; welches nur auf die Berührung der Liebe wartet, um sich zu einer harmonischen Welt zu entfalten ...". Also nicht um ein Fortschreiten ins Leere, um ein vages Immer-besser-dichten, sondern um stetig umfassendere Entfaltung und Steigerung der poetischen Formen handelt es sich. Die zeitliche Unendlichkeit, in der dieser Prozeß stattfindet, ist ebenfalls eine mediale und qualitative. Daher ist die Progredibilität durchaus nicht das, was unter dem modernen Ausdruck „Fortschritt" verstanden wird, nicht ein gewisses nur relatives Verhältnis der Kulturstufen zu einander. Sie ist, wie das ganze Leben der Menschheit, ein unendlicher Erfüllungs-, kein bloßer Werdeprozeß. Wenn trotzdem nicht zu leugnen ist, daß in diesen Gedanken der romantische Messianismus nicht in seiner vollen Kraft wirkt, so sind sie doch kein Widerspruch gegen Schlegels prinzipielle Stellung zur Ideologie des Fortschritts, die er in der „Lucinde" ausgesprochen hat: „Was soll also das unbedingte Streben und Fortschreiten ohne Stillstand und Mittelpunkt? Kann dieser Sturm und Drang der unendlichen Pflanze der Menschheit, die im Stillen von selbst wächst und sich bildet, nährenden Saft oder Gestaltung geben? Nichts ist es, dieses leere unruhige Treiben, als eine nordische Unart" .

Der vielumstrittene Begriff der Transzendentalpoesie ist in diesem Zusammenhange unschwer, dennoch genau, zu erklären. Er ist, wie der der progressiven Universalpoesie, eine Bestimmung der Idee der Kunst. Stellt dieser in begrifflicher Konzentration deren Beziehung zur Zeit dar, so verweist der Begriff der Transzendentalpoesie zurück auf das systematische Zentrum, aus dem die romantische Kunstphilosophie hervorgegangen ist. Er stellt also die romantische Poesie als die absolute poetische Reflexion dar; die Transzendentalpoesie ist in der Gedankenwelt Friedrich Schlegels zur Athenäumszeit genau das, was der Begriff des Ur-Ich in den Windischmannschen Vorlesungen ist. Um das zu beweisen, hat man nur den Zusammenhängen, in denen der Begriff des Transzendentalen bei Schlegel und Novalis steht, genau nachzugehen. Man findet, daß sie überall auf den Begriff der Reflexion führen. So sagt Schlegel über den Humor: „sein eigentliches Wesen ist Reflexion. Daher seine Verwandtschaft mit ... allem, was transzendental ist“ . „Die höchste Aufgabe der Bildung ist, sich seines transzendentalen Selbst zu bemächtigen, das Ich seines Ichs zugleich zu sein“ , d. h. sich reflektierend zu verhalten. Die Reflexion transzendiert die jeweilige geistige Stufe, um auf die höhere überzugehen. Daher sagt Novalis mit Beziehung auf den Reflexionsakt in der Selbstdurchdringung: „Jene Stelle *außer* der Welt ist gegeben, und Archimedes kann nun sein Versprechen erfüllen“ . Der Ursprung der höheren Dichtung aus der Reflexion findet sich im folgenden Fragment angedeutet: „Es gibt gewisse Dichtungen in uns, die einen ganz anderen Charakter als die übrigen zu haben scheinen, denn sie sind vom Gefühle der Notwendigkeit begleitet, und doch ist schlechterdings kein äußerer Grund zu ihnen vorhanden. Es dünkt dem Menschen, als sei er in einem Gespräch begriffen und irgend ein unbekanntes geistiges Wesen veranlasse ihn auf eine wunderbare Weise zur Entwicklung der evidentesten Gedanken. Dieses Wesen muß ein höheres Wesen sein, weil es sich mit ihm auf eine Art in Beziehung setzt, die keinem an Erscheinungen gebundenen Wesen möglich ist. Es muß ein homogenes Wesen sein, weil es ihn wie ein geistiges Wesen behandelt und ihn nur zur seltensten Selbsttätigkeit auffordert. Dieses Ich höherer Art verhält sich zum Menschen wie der Mensch zur Natur oder der Weise zum Kinde“ . Die Dichtungen, welche aus der Tätigkeit des höheren Ich entspringen, sind die Glieder der Transzendentalpoesie, deren Charakteristik sich mit der im absoluten Werk ausgeprägten Idee der Kunst deckt. „Die bisherigen Poesien wirken meistenteils dynamisch, die künftige transzendentale Poesie könnte man die organische heißen. Wenn sie erfunden ist, so wird man sehen, daß alle echten Dichter bisher, ohne ihr Wissen, organisch poetisierten – daß aber dieser Mangel an Bewußtsein ... einen wesentlichen Einfluß auf das Ganze ihrer Werke hatte – so daß sie größtenteils nur im einzelnen echt poetisch, im ganzen aber gewöhnlich unpoetisch waren.“ Die Poesie des ganzen Werkes ist eben nach Novalis' Ansicht von der Erkenntnis des Wesens der absoluten Kunsteinheit abhängig. – Die Einsicht in diese klare und einfache Bedeutung des Terminus „Transzendentalpoesie“ ist durch einen besonderen Umstand außerordentlich erschwert worden. In demjenigen Fragment nämlich, das nach seinem Grundgedanken durchaus als der Hauptbeleg für den erörterten Ideengang anzusehen ist, hat Schlegel den fraglichen Ausdruck anders definiert und ihn von einem Terminus, mit dem er nach seinem eigenen und Novalis' Sprachgebrauch gleichbedeutend sein muß, unterschieden. „Transzendentalpoesie“ bedeutet in der Tat bei Novalis – und sollte es sinngemäß auch bei Schlegel – die absolute Reflexion der Poesie, welche Schlegel in dem fraglichen Fragment als „Poesie der Poesie“ von ihr unterscheidet: „Es gibt eine Poesie, deren Eins und Alles das Verhältnis des Idealen und des Realen ist, und die also nach der Analogie der philosophischen Kunstsprache Transzendentalpoesie heißen müßte ... So wie man aber wenig Wert auf eine Transzendentalphilosophie legen würde, die nicht kritisch wäre, nicht auch das Produzierende mit dem Produkt darstellte, und im System der transzendentalen Gedanken zugleich eine Charakteristik des transzendentalen Denkens enthielte, so sollte wohl auch jene Poesie die in modernen Dichtern nicht seltnen transzendentalen Materialien und Vorübungen zu einer poetischen Theorie des Dichtungsvermögens mit der künstlerischen Reflexion und schönen Selbstbespiegelung ... vereinigen und in jeder ihrer Darstellungen sich selbst mit darstellen und überall zugleich Poesie und Poesie der Poesie sein“. Die ganze Schwierigkeit, die der Begriff der Transzendentalpoesie der Darstellung romantischer Philosophie bereitet, die Unklarheit, mit der er behaftet erschien, rührt daher, daß im obigen Fragment dieser Ausdruck nicht mit Hinsicht auf das reflexive Moment in der Poesie, sondern mit Hinblick auf die ältere Fragestellung Schlegels nach dem Verhältnis der griechischen zur modernen Poesie gebraucht wird. Da die griechische als real, die moderne als ideal von Schlegel bezeichnet wurde, so prägt er, mit mystizistischer Anspielung auf den ganz andersartigen philosophischen Streit zwischen metaphysischem Idealismus und Realismus und dessen Lösung durch die transzendentale Methode bei Kant, den Terminus „Transzendentalpoesie". Im letzten Grunde kommt hier allerdings dennoch Schlegels Sprachgebrauch mit dem, was Novalis Transzendentalpoesie und er selbst Poesie der Poesie nennt, überein. Denn die Reflexion, welche in den beiden letzten Bezeichnungen gemeint ist, ist eben die Methode der Lösung für die „transzendentale" ästhetische Aporie Schlegels. Durch die Reflexion im Kunstwerk selbst wird, wie ausgeführt wurde, seine strenge formale Geschlossenheit (griechischer Typus), welcher relativ bleibt, einerseits gebildet, andererseits aber aus ihrer Relativität erlöst und ins Absolutum der Kunst durch Kritik und Ironie erhoben (moderner Typus). – Die „Poesie der Poesie" ist der zusammenfassende Ausdruck der reflexiven Natur des Absoluten. Sie ist die ihrer selbst bewußte Poesie, und da Bewußtsein nach der frühromantischen Lehre nur eine gesteigerte geistige Form dessen ist, wovon es Bewußtsein ist, so ist Bewußtsein der Poesie selbst Poesie. Es ist Poesie der Poesie. Die höhere Poesie „ist selbst Natur und Leben ...; aber sie ist die Natur der Natur, das Leben des Lebens, der Mensch im Menschen; und ich denke, dieser Unterschied ist für den, der ihn überhaupt wahrnimmt, wahrlich bestimmt und entschieden genug" . Diese Formeln sind nicht rhetorische Steigerungen, sondern Bezeichnungen der reflexiven Natur der Transzendentalpoesie. „Ich vermute, daß sich auch über Shakespeare über kurz oder lang in Dir die Kunst in der Kunst spiegeln wird" , schreibt Friedrich Schlegel an seinen Bruder.

Das Organ der Transzendentalpoesie als diejenige Form, welche im Absolutum nach dem Zerfall der profanen Formen überdauert, bezeichnet Schlegel als die symbolische Form. In dem literarischen Rückblick, mit welchem er 1803 die „Europa“ eröffnet, sagt er von den Heften des „Athenäums“: „Im Anfange derselben ist Kritik und Universalität der vorwaltende Zweck, in den späteren Teilen ist der Geist des Mystizismus das Wesentlichste. Man scheue dieses Wort nicht; es bezeichnet die Verkündigung der Mysterien der Kunst und Wissenschaft, die ihren Namen ohne solche Mysterien nicht verdienen würden; vor allem aber die kräftige Verteidigung der symbolischen Formen und ihrer Notwendigkeit gegen den profanen Sinn“ . Der Ausdruck „symbolische Form“ deutet auf zweierlei: er bezeichnet erstens die Beziehung auf die verschiedenen Deckbegriffe des poetischen Absolutums, vor allem auf die Mythologie. Die Arabeske beispielsweise ist eine symbolische Form, die auf einen mythologischen Inhalt deutet. In diesem Sinne gehört die symbolische Form nicht in diesen Zusammenhang. Zweitens ist sie die Ausprägung des reinen poetischen Absolutums in der Form. So wird Lessing von Schlegel verehrt, „wegen der symbolischen Form seiner Werke ... wegen dieser ... gehören ... seine Werke in das Gebiet der höheren Kunst, da eben sie ... das einzige entscheidende Merkmal derselben ist“ . Nichts anderes als die symbolische Form ist unter dem allgemeinen Ausdruck „Symbol“ verstanden, wenn Schlegel von der höchsten Aufgabe der Poesie sagt, sie sei „schon oft erreicht worden, durch dasselbe, wodurch überall der Schein des Endlichen mit der Wahrheit des Ewigen in Beziehung gesetzt und eben dadurch in sie aufgelöst wird: ... durch Symbole, durch die an die Stelle der Täuschung die Bedeutung tritt, das einzige Wirkliche im Dasein" . Diese Bedeutung, d. h. die Beziehung auf die Idee der Kunst verleiht die symbolische Form den transzendentalpoetischen Werken durch die Reflexion. Die „symbolische Form" ist die Formel, unter der die Tragweite der Reflexion für das Kunstwerk zusammengefaßt wird. „Die Ironie und Reflexion sind die Grundeigenschaften der symbolischen Form der romantischen Dichtung" – da aber die Reflexion auch der Ironie zugrunde liegt und also im Kunstwerk mit der symbolischen Form völlig identisch ist, müßte es genauer heißen: Die Grundeigenschaften der symbolischen Form bestehen einerseits in solcher Reinheit der Darstellungsform, daß diese zum bloßen Ausdruck der Selbstbegrenzung der Reflexion geläutert und von den profanen Darstellungsformen unterschieden wird, andererseits in der (formalen) Ironie, in der sich die Reflexion ins Absolute erhebt. Die Kunstkritik stellt diese symbolische Form in ihrer Reinheit dar; sie löst sie von allen wesensfremden Momenten, an die sie im Werk gebunden sein mag, ab und endigt mit der Auflösung des Werkes. Daß trotz aller begrifflichen Prägungen es im Rahmen der romantischen Theorien niemals zu völliger Klarheit in der Unterscheidung von profaner und symbolischer Form, von symbolischer Form und Kritik kommen kann, drängt sich der Betrachtung auf. Nur um den Preis solcher unscharfen Abgrenzungen können alle Begriffe der Kunsttheorie, wie die Romantiker es zuletzt erstrebten, in den Bereich des Absolutums einbezogen werden.

Unter allen Darstellungsformen gibt es eine, in welcher die Romantiker die reflexive Selbstbegrenzung sowohl, als auch Selbsterweiterung aufs entschiedenste ausgebildet und auf diesem Gipfel unterschiedslos in einander übergehend finden. Diese höchst symbolische Form ist der Roman. Was vorerst an dieser Form in die Augen fällt, ist ihre äußerliche Ungebundenheit und Regellosigkeit. Der Roman kann in der Tat beliebig über sich reflektieren, in immer neuen Betrachtungen jede gegebene Bewußtseinsstufe von einem höheren Standort zurückspiegeln. Daß er aus der Natur seiner Form dies erreicht, was anderen nur durch den Gewaltstreich der Ironie möglich ist, neutralisiert in ihm die Ironie. Aber eben weil der Roman niemals seine Form überschreitet, kann jede seiner Reflexionen andererseits wieder als durch sich selbst begrenzt angesehen werden, denn keine regelartige Darstellungsform ist es, welche sie eingrenzt. Dies neutralisiert in ihm die Darstellungsform, die allein in ihrer Reinheit, nicht in ihrer Strenge in ihm waltet. Während jene äußerliche Ungebundenheit, da sie auf der Hand liegt, keiner Betonung bedurfte, ist die Gesetztheit und reine Sammlung in der Romanform wieder und wieder von den Romantikern betont worden. Daß „der Geist der Betrachtung und der Rückkehr in sich selbst ... eine gemeinsame Eigentümlichkeit aller sehr geistigen Poesie“ sei , spricht Schlegel bei Gelegenheit der Meisterrezension aus. Die geistigste Poesie ist der Roman; sein retardierender Charakter ist der Ausdruck der ihm eigenen Reflexion: „Durch seine retardierende Natur kann das Stück dem Roman, der sein Wesen eben darin setzt, ... verwandt scheinen“ , heißt es an der gleichen Stelle vom „Hamlet“. Novalis: „Die retardierende Natur des Romans zeigt sich vorzüglich im Stil". Aus der Erwägung heraus, daß die reflexiv in sich geschlossenen Komplexe den Roman bilden, sagt er: „Die Schreibart des Romans muß kein Kontinuum, es muß ein in jedem Perioden gegliederter Bau sein. Jedes kleine Stück muß etwas Abgeschnittenes, Begrenztes, ein eigenes Ganze sein". Gerade diese Schreibart rühmt Schlegel am „Wilhelm Meister": „Durch ... die Verschiedenheit der einzelnen Massen ... wird jeder notwendige Teil des einen und unteilbaren Romans ein System für sich". Die Darstellung der Reflexion gilt Schlegel für die höchste Legitimation der Goetheschen Meisterschaft in diesem Roman: „Die Darstellung einer sich wie ins Unendliche immer wieder selbst anschauenden Natur war der schönste Beweis, den ein Künstler von der unergründlichen Tiefe seines Vermögens geben konnte". Der Roman ist die höchste unter allen symbolischen Formen, die romantische Poesie die Idee der Poesie selbst. – Die Zweideutigkeit, welche in der Bezeichnung „romantisch" liegt, hat Schlegel sicherlich gern in Kauf genommen, wenn nicht aufgesucht. Bekanntlich bedeutet „romantisch" im damaligen Sprachgebrauch „ritterlich", „mittelalterlich", und hinter dieser Bedeutung hat Schlegel, wie er es liebte, seine eigentliche Meinung, die man aus der Etymologie des Wortes lesen muß, versteckt. Man hat also, wie Haym, den Ausdruck „romantisch" in seiner wesentlichen Bedeutung durchaus als „romangemäß" zu verstehen. Dieser sagt, Schlegel vertrete die Lehre, „daß der echte Roman ein Non plus ultra, eine Summe alles Poetischen sei, und er bezeichnet folgerecht dieses poetische Ideal mit dem Namen der ›romantischen‹ Dichtung". Als diese Summe alles Poetischen, wie die Schlegelsche Kunsttheorie es verstand, ist der Roman also eine Bezeichnung des poetischen Absolutums: „Eine Philosophie des Romans ... wäre der Schlußstein“ einer Philosophie der Poesie überhaupt. Oft wird es betont, daß der Roman nicht eine Gattung neben anderen, die romantische Dichtart nicht eine unter vielen, sondern daß sie Ideen sind. Dieses „Buch ... nach einem aus Gewohnheit und Glauben, aus zufälligen Erfahrungen und willkürlichen Forderungen zusammengesetzten und entstandenen Gattungsbegriff beurteilen: das ist, als wenn ein Kind Mond und Gestirne mit der Hand greifen und in sein Schächtelchen packen will“, heißt es vom „Wilhelm Meister“.

Die Frühromantik hat den Roman nicht allein als die höchste Form der Reflexion in der Poesie ihrer Kunsttheorie eingeordnet, sondern in ihm deren außerordentliche transzendente Bestätigung gefunden, indem sie ihn in eine weitere unmittelbare Beziehung zu ihrer Grundkonzeption der Idee der Kunst setzte. Nach dieser ist die Kunst das Kontinuum der Formen, und der Roman ist nach der Auffassung der Frühromantiker die faßbare Erscheinung dieses Kontinuums. Er ist dies durch die Prosa. Die Idee der Poesie hat ihre Individualität, nach der Schlegel suchte, in der Gestalt der Prosa gefunden; die Frühromantiker kennen keine tiefere und treffendere Bestimmung für sie, als Prosa. In dieser scheinbar paradoxen, in Wahrheit aber sehr tiefsinnigen Anschauung finden sie einen völlig neuen Grund der Kunstphilosophie. Auf diesem Grunde beruht, wie die gesamte Kunstphilosophie der Frühromantik, so besonders ihr Begriff der Kritik, um dessentwillen die Untersuchung über scheinbare Abwege bis hierher geführt werden mußte. – Die Idee der Poesie ist die Prosa. Dies ist die abschließende Bestimmung der Idee der Kunst, auch der eigentliche Sinn der Romantheorie, die erst so in ihrer tiefen Absicht verstanden und von der ausschließlich empirischen Beziehung auf den „Wilhelm Meister" abgelöst wird. Was die Romantiker unter der Prosa als der Idee der Poesie verstanden haben, ist aus folgender Stelle des Briefes zu entnehmen, den Novalis am 12. Januar 1798 an A. W. Schlegel richtete: „Wenn die Poesie sich erweitern will, so kann sie es nur, indem sie sich beschränkt; indem sie sich zusammenzieht, ihren Feuerstoff gleichsam fahren läßt und gerinnt. Sie erhält einen prosaischen Schein, ihre Bestandteile stehen in keiner so innigen Gemeinschaft – mithin nicht unter so strengen rhythmischen Gesetzen – sie wird fähiger zur Darstellung des Beschränkten. Aber sie bleibt Poesie – mithin den wesentlichen Gesetzen ihrer Natur getreu; sie wird gleichsam ein organisches Wesen, dessen ganzer Bau seine Entstehung aus dem Flüssigen, seine ursprünglich elastische Natur, seine Unbeschränktheit, seine Allfähigkeit verrät. Nur die Mischung ihrer Glieder ist regellos, die Ordnung derselben, ihr Verhältnis zum Ganzen ist noch dasselbe. Ein jeder Reiz verbreitet sich darin nach allen Seiten. Auch hier bewegen sich nur die Glieder um das ewig ruhende, eine Ganze ... Je einfacher, gleichförmiger, ruhiger auch hier die Bewegungen der Sätze, je übereinstimmender ihre Mischungen im Ganzen sind, je lockerer der Zusammenhang, je durchsichtiger und farbloser der Ausdruck – desto vollkommener diese im Gegensatz zu der geschmückten Prosa – nachlässige, von den Gegenständen abhängig scheinende Poesie. – Die Poesie scheint von der Strenge ihrer Forderungen hier nachzulassen, williger und gefügiger zu werden. Aber dem, der den Versuch mit der Poesie in dieser Form wagt, wird es bald offenbar werden, wie schwer sie in dieser Gestalt vollkommen zu realisieren ist. Diese erweiterte Poesie ist gerade das höchste Problem des poetischen Dichters – ein Problem, was nur durch Annäherung gelöst werden kann und was zu der höheren Poesie eigentlich gehört... Hier ist noch ein unermeßliches Feld, ein im eigentlichsten Sinne unendliches Gebiet. Man könnte jene höhere Poesie die Poesie des Unendlichen nennen". Das Reflexionsmedium der poetischen Formen erscheint in der Prosa, darum darf sie die Idee der Poesie genannt werden. Sie ist der schöpferische Boden der dichterischen Formen, diese alle sind in ihr vermittelt und aufgelöst als in ihren kanonischen Schöpfungsgrund. In der Prosa gehen sämtliche gebundene Rhythmen in einander über, sie verbinden sich zu einer neuen Einheit, der prosaischen, welche bei Novalis der „romantische Rhythmus" ist. – „Die Poesie ist die Prosa unter den Künsten." Erst unter diesem Gesichtspunkt läßt die Romantheorie sich in ihrer tiefsten Absicht verstehen und von der empirischen Beziehung auf den „Wilhelm Meister" ablösen. Weil die Einheit der ganzen Poesie als eines Werkes ein Gedicht in Prosa darstellt, ist der Roman die höchste poetische Form. Vermutlich ist es in Anspielung auf die vereinende Funktion der Prosa gemeint, wenn Novalis sagt: „Sollte nicht der Roman alle Gattungen des Stils in einer durch den gemeinsamen Geist verschiedentlich gebundenen Folge begreifen?" Friedrich Schlegel hat das prosaische Element weniger rein erfaßt, wenn auch nicht weniger tief intentioniert als Novalis. Er hat daher in seinem Romanmuster „Lucinde" die

Mannigfaltigkeit der Formen, in deren Vereinigung die Aufgabe besteht, mitunter vielleicht noch mehr kultiviert als das rein Prosaische, das sie erfüllt. In den zweiten Teil des Romans wollte er viele Gedichte einfügen. Aber beide Tendenzen, die Mannigfaltigkeit der Formen und das Prosaische, haben den Gegensatz gegen die begrenzte Form und die Aspiration aufs Transzendentale gemein. Nur wird dies stellenweise weniger durch Friedrich Schlegels Prosa dargestellt, als in ihr postuliert. Auch in Schlegels Theorie des Romans steht der Gedanke der Prosa, obgleich er zweifellos ihren eigentlichen Geist bestimmt, nicht klar im Mittelpunkt. Er hat ihn mit der Lehre von der Poetisierung des Stoffes kompliziert.

Die Konzeption der Idee der Poesie als der Prosa bestimmt die ganze romantische Kunstphilosophie. Aus dieser Bestimmtheit heraus ist sie historisch folgenreich gewesen. Sie hat sich nicht nur mit dem Geiste der modernen Kritik verbreitet, ohne in ihren Voraussetzungen und ihrem eigentlichen Wesen agnosziert worden zu sein, sondern sie ist auch in mehr oder weniger ausgeprägter Gestalt in die philosophischen Grundlagen späterer Kunstschulen eingegangen, wie der ausgehenden französischen Romantik, der deutschen Neuromantik. Vor allem aber stiftet diese philosophische Grundkonzeption eine eigentümliche Beziehung innerhalb eines weiteren romantischen Kreises selbst, dessen Gemeinschaftliches ebenso wie das der engeren Schule, wie man allgemein zugibt, unauffindbar bleibt, solange es nur in der Dichtung und nicht ebensosehr in der Philosophie gesucht wird. Unter jenem Gesichtspunkt rückt in diesen weiteren Kreis, um nicht zu sagen in seine Mitte, ein Geist, der durch seine bloße Einschätzung als Dichter im modernen Sinne des Wortes (so hoch dieser auch gegriffen werden muß) nicht erfaßt werden kann, und dessen ideengeschichtliches Verhältnis zur romantischen Schule im Unklaren verharrt, wenn seine besondere philosophische Einheit mit ihr unbeachtet bleibt. Dieser Geist ist Hölderlin, und die These, welche seine philosophische Beziehung zu den Romantikern stiftet, ist der Satz von der Nüchternheit der Kunst. Dieser Satz ist der im wesentlichen durchaus neue und noch unabsehbar fortwirkende Grundgedanke der romantischen Kunstphilosophie, die vielleicht größte Epoche in der abendländischen Philosophie der Kunst wird durch ihn bezeichnet. Wie er mit dem methodischen Verfahren jener Philosophie, der Reflexion, zusammenhängt, liegt auf der Hand. Das Prosaische, in dem die Reflexion als Prinzip der Kunst sich zuhöchst ausprägt, ist ja im Sprachgebrauch geradezu eine metaphorische Bezeichnung des Nüchternen. Als ein denkendes und besonnenes Verhalten ist die Reflexion das Gegenteil der Ekstase, der μανία des Platon. Wie bei den Frühromantikern gelegentlich das Licht als Symbol des Reflexionsmediums, der unendlichen Besinnung auftritt (s. o. p. 37), so sagt auch Hölderlin:

Wo bist du, Nachdenkliches! das immer muß
Zur Seite gehn, zu Zeiten, wo bist du, Licht?

„Besonnenheit ist die frühste Muse des nach Bildung strebenden Menschen“, sagt sogar der unphilosophische A. W. Schlegel, und Novalis nennt das einen treffenden „Lichtstrahl auf die frühste

Poesie". In einem sehr eigentümlichen, schönen Bilde spricht er die nüchterne Natur der Reflexion aus: „Ist nicht die Reflexion auf sich selbst ... konsonierender Natur? ... Gesang nach innen: Innenwelt. Rede-Prosa-Kritik". Der ganze Zusammenhang der romantischen Kunstphilosophie auf ihrer höchsten Stufe, wie er zum Teil noch zu entwickeln bleibt, ist in diesen Worten schematisch angedeutet.

Die „heilignüchterne" Poesie hat Hölderlin in seinen spätern Schriften in einer Fülle der tiefsinnigsten Gedanken zu erkennen gesucht. Hier soll nur eine hervorragende Stelle angeführt werden, um das Verständnis der weniger klaren, aber gleichstrebenden Sätze von Friedrich Schlegel und Novalis vorzubereiten: „Es wird gut sein, um den Dichtern, auch bei uns, eine bürgerliche Existenz zu sichern, wenn man die Poesie, auch bei uns, den Unterschied der Zeiten und Verfassungen abgerechnet, zur μηχανή der Alten erhebt. – Auch andern Kunstwerken fehlt, mit den griechischen verglichen, die Zuverlässigkeit; wenigstens sind sie bis jetzt mehr nach Eindrücken beurteilt worden, die sie machen, als nach ihrem gesetzlichen Kalkül und sonstiger Verfahrungsart, wodurch das Schöne hervorgebracht wird. Der modernen Poesie fehlt es aber besonders an der Schule und am Handwerksmäßigen, daß nämlich ihre Verfahrungsart berechnet und gelehrt, und wenn sie gelernt ist, in der Ausübung immer zuverlässig wiederholt werden kann. Man hat, unter Menschen, bei jedem Dinge, vor allem darauf zu sehen, daß es Etwas ist, d.h. daß es in dem Mittel (moyen) seiner Erscheinung erkennbar ist, daß die Art, wie es bedingt ist, bestimmt und gelehret werden kann. Deswegen und aus höheren Gründen bedarf die Poesie besonders sicherer und charakteristischer Prinzipien und

Schranken. – Dahin gehört einmal eben jener gesetzliche Kalkül". Novalis: „Echte Kunstpoesie ist bezahlbar". "Kunst ... ist mechanisch". "Der Sitz der eigentlichen Kunst ist lediglich im Verstande." "Die Natur zeugt, der Geist macht. Il est beaucoup plus commode d'être fait que de se faire lui(sic!)-même." Die Art dieses Machens ist also die Reflexion. Das Zeugnis dieser bewußten Tätigkeit im Werk sind vor allem die „geheimen Absichten, ... deren wir beim Genius ... nie zu viele voraussetzen können", wie Schlegel sagt. „... absichtliche ... Nebenausbildung des ... Kleinsten" ist Zeugnis dichterischer Meisterschaft. Radikal – eine gewisse Unklarheit ist der Grund dieses Radikalismus – heißt es im Athenäum: „Man glaubt Autoren oft durch Vergleichungen mit dem Fabrikwesen zu schmähen. Aber soll der wahre Autor nicht auch Fabrikant sein? Soll er nicht sein ganzes Leben dem Geschäft widmen, literarische Materie in Formen zu bilden, die auf eine große Art zweckmäßig und nützlich sind?" "Solange der Künstler ... begeistert ist, befindet er sich für die Mitteilung wenigstens in einem illiberalen Zustande." – An die gemachten, mit prosaischem Geiste erfüllten Werke dachten die Romantiker, wenn sie den Satz von der Unzerstörbarkeit der echten Kunstgebilde aussprachen. Was am Strahl der Ironie zerfällt, ist allein die Illusion, unzerstörbar bleibt aber der Kern des Werkes, weil es nicht in der Ekstase beruht, die zersetzt werden kann, sondern in der unantastbaren nüchternen prosaischen Gestalt. Durch die mechanische Vernunft ist auch noch im Unendlichen – im Grenzwert der begrenzten Formen – nüchtern das Werk konstituiert. Für diese mystische Konstitution des Werkes jenseits der eingeschränkten und in der Erscheinung schönen (im engern Sinn poetischen) Formen ist der Roman der Prototyp. Der Bruch dieser Theorie mit hergebrachten Anschauungen vom Wesen der Kunst manifestiert sich endlich in der Stelle, die sie jenen „schönen" Formen, die sie der Schönheit überhaupt einräumt. Es wurde schon ausgeführt, daß die Form nicht mehr Ausdruck der Schönheit, sondern der Kunst als der Idee selbst ist. Letzten Endes muß der Begriff der Schönheit aus der romantischen Kunstphilosophie überhaupt weichen, nicht nur, weil er nach der rationalistischen Auffassung mit dem der Regel kompliziert war, sondern vor allem, weil die Schönheit als ein Gegenstand des „Vergnügens", des Wohlgefallens, des Geschmacks, nicht zu vereinigen schien mit der strengen Nüchternheit, die nach der neuen Auffassung das Wesen der Kunst bestimmte. „Eine eigentliche Kunstlehre der Poesie würde mit der absoluten Verschiedenheit, der ewig unauflöslichen Trennung der Kunst und der rohen Schönheit anfangen ... Flüchtigen Dilettanten ohne Enthusiasmus und ohne Belesenheit ... müßte eine solche Poetik vorkommen, wie einem Kinde, das bildern wollte, ein trigonometrisches Buch." "Die höchsten Kunstwerke sind schlechthin ungefällig; es sind Ideale, die nur approximando gefallen können und sollen, ästhetische Imperative." Die Lehre, nach welcher die Kunst und ihre Werke essentiell weder Erscheinungen der Schönheit noch Manifestationen unvermittelter begeisterter Erregung, sondern ein in sich ruhendes Medium der Formen sind, ist seit der Romantik wenigstens im Geiste der Kunstentwicklung selbst nicht mehr in Vergessenheit geraten. Wollte man die Kunsttheorie eines so eminent bewußten Meisters wie Flaubert, die der Parnassiens oder diejenige des Georgeschen Kreises auf ihre Grundsätze bringen, man würde die hier dargelegten unter ihnen finden. Diese Grundsätze waren hier zu formulieren, ihr Ursprung in der Philosophie der deutschen Frühromantik war nachzuweisen. Sie sind dem Geist dieser Epoche so sehr eigen, daß Kircher mit Recht erklären konnte: „Diese Romantiker wollten gerade das ›Romantische‹ von sich abhalten – wie man es damals und heute versteht“. “Ich fange an, das Nüchterne, aber echt Fortschreitende, Weiterbringende zu lieben“, schreibt Novalis 1799 an Caroline Schlegel. Auch hierfür gibt Friedrich Schlegel die extremste Formulierung: „Das ist der eigentliche Punkt, daß wir uns wegen des Höchsten nicht so ganz allein auf unser Gemüt verlassen“.

Es erübrigt, die Erklärung des romantischen Begriffs der Kunstkritik auf Grund der obigen Ausführungen abzuschließen. Nicht mehr um seine methodische Struktur handelt es sich, welche dargestellt ist, sondern lediglich um seine letzte inhaltliche Bestimmung. Von ihr ist schon gesagt worden, daß die Aufgabe der Kritik die Vollendung des Werkes ist. Einen informatorischen oder pädagogischen Zweck weist Schlegel weit zurück: „Der Zweck der Kritik, sagt man, sei Leser zu bilden! – Wer gebildet sein will, mag sich doch selbst bilden. Dies ist unhöflich: es steht aber nicht zu ändern“. Ebensowenig ist die Kritik, wie erwiesen wurde, essentiell eine Beurteilung, eine Meinungsäußerung über ein Werk. Sie ist vielmehr ein Gebilde, das zwar in seinem Entstehen vom Werk veranlaßt, in seinem Bestehen jedoch unabhängig von ihm ist. Als ein solches kann sie vom Kunstwerk nicht prinzipiell unterschieden werden. Das 116. Athenäumsfragment, das die Synthese an allen Begriffen vornimmt, sagt: „Die romantische Poesie ... will und soll auch ... Genialität und Kritik ... verschmelzen". Auf dasselbe Prinzip führt auch eine andere Äußerung im Athenäum: „Eine sogenannte Recherche ist ein historisches Experiment. Der Gegenstand und das Resultat derselben ist ein Faktum. Was ein Faktum sein soll, muß strenge Individualität haben, zugleich ein Geheimnis und ein Experiment sein, nämlich ein Experiment der bildenden Natur". Neu ist in diesem Zusammenhange allein der Begriff des Faktums. Dieser findet sich im „Gespräch über die Poesie" wieder. „Ein wahres Kunsturteil, ... eine ausgebildete, durchaus fertige Ansicht eines Werks ist immer ein kritisches Faktum, wenn ich so sagen darf. Aber auch nur ein Faktum, und eben darum ist's leere Arbeit, es motivieren zu wollen, es müßte denn das Motiv selbst ein neues Faktum oder eine nähere Bestimmung des ersten enthalten." Durch den Begriff des Faktums soll die Kritik aufs schärfste von der Beurteilung – als bloßer Meinung – unterschieden werden. Jene bedarf keiner Motivierung, so wenig wie ein Experiment, welches sie ja auch in der Tat am Kunstwerk vornimmt, indem sie seine Reflexion entfaltet. Eine unmotivierte Beurteilung freilich wäre eine Ungereimtheit. – Die theoretische Überzeugung von der höchsten Positivität aller Kritik hat die positiven Leistungen der romantischen Kritiker getragen. Sie haben nicht sowohl einen Kleinkrieg gegen das Schlechte, als die Vollendung des Guten und durch sie die Annihilierung des Nichtigen heraufführen wollen. Zuletzt beruht diese Einschätzung der Kritik auf der völlig positiven Bewertung ihres Mediums, der Prosa. Die Legitimation der Kritik, welche diese als objektive Instanz aller poetischen Produktion gegenüberstellt, besteht in ihrer prosaischen Natur. Kritik ist die Darstellung des prosaischen Kerns in jedem Werk. Dabei ist der Begriff „Darstellung“ im Sinne der Chemie verstanden, als die Erzeugung eines Stoffes durch einen bestimmten Prozeß, welchem andere unterworfen werden. So hat es Schlegel gemeint, wenn er vom Wilhelm Meister sagt, das Werk „beurteilt sich nicht nur selbst, es stellt sich auch selbst dar“. In seinen beiden Bedeutungen wird das Prosaische durch die Kritik erfaßt: durch ihre Ausdrucksform in seiner eigentlichen, wie sie denn in ungebundener Rede sich ausspricht; in seiner uneigentlichen durch ihren Gegenstand, welcher der ewige nüchterne Bestand des Werkes ist. Diese Kritik ist als Prozeß wie als Gebilde eine notwendige Funktion des klassischen Werks.

Die frühromantische Kunsttheorie und Goethe

Die Kunsttheorie der Frühromantiker und die Goethes sind in den Prinzipien einander entgegengesetzt. Und zwar erweitert das Studium dieses Gegensatzes ungemein die Kenntnis der Geschichte des Begriffs der Kunstkritik. Denn dieser Gegensatz bedeutet zugleich das kritische Stadium dieser Geschichte: in der problemgeschichtlichen Beziehung, in welcher der Kritikbegriff der Romantiker zu demjenigen Goethes steht, tritt unmittelbar das reine Problem der Kunstkritik an den Tag. Der Begriff der Kunstkritik selbst aber steht in einer eindeutigen Abhängigkeit vom Zentrum der Kunstphilosophie. Diese Abhängigkeit formuliert sich am schärfsten im Problem der Kritisierbarkeit des Kunstwerks. Ob diese geleugnet, ob sie behauptet wird, ist durchaus von den philosophischen Grundbegriffen abhängig, welche die Kunsttheorie fundieren. Die ganze kunstphilosophische Arbeit der Frühromantiker kann also dahin zusammengefaßt werden, daß sie die Kritisierbarkeit des Kunstwerks prinzipiell nachzuweisen gesucht haben. Die ganze Kunsttheorie Goethes steht hinter seiner Anschauung von der Unkritisierbarkeit der Werke. Nicht als ob er diese Ansicht anders als gelegentlich betont, nicht als ob er keine Kritiken geschrieben hätte. Er war an der begrifflichen Ausführung dieser Anschauung nicht interessiert, und noch in seiner spätern Zeit, die hier vor allem in Betracht kommt, hat er nicht wenige Kritiken verfaßt. Aber man wird in vielen unter ihnen eine gewisse ironische Zurückhaltung, nicht nur dem Werk, sondern auch dem eignen Geschäft gegenüber finden, und jedenfalls war die Absicht dieser Kritiken nur exoterisch und pädagogisch.

Die Kategorie, unter der die Romantiker die Kunst erfassen, ist die Idee. Die Idee ist der Ausdruck der Unendlichkeit der Kunst und ihrer Einheit. Denn die romantische Einheit ist eine Unendlichkeit. Alles was die Romantiker über das Wesen der Kunst aussagen, ist Bestimmung ihrer Idee, so auch die Form, welche in ihrer Dialektik von Selbstbegrenzung und Selbsterhöhung die der Einheit und Unendlichkeit in der Idee zum Ausdruck bringt. Unter „Idee" wird in diesem Zusammenhang das a priori einer Methode verstanden, ihr entspricht dann das Ideal als das a priori des zugeordneten Gehalts. Ein Ideal der Kunst kennen die Romantiker nicht. Sie gewinnen lediglich einen Schein davon durch jene Überdeckungen des poetischen Absolutums, wie Sittlichkeit und Religion. Alle

Bestimmungen, die Friedrich Schlegel über den Gehalt der Kunst, besonders im „Gespräch über die Poesie“ gegeben hat, entbehren im Gegensatz zu seiner Auffassung der Form jeder genaueren Beziehung auf das Eigentümliche der Kunst, geschweige daß er ein a priori dieses Gehalts gefunden hätte. Von einem solchen a priori nimmt die Kunstphilosophie Goethes ihren Ausgang. Ihr bewegendes Motiv ist die Frage nach dem Ideal der Kunst. Auch das Ideal ist eine höchste begriffliche Einheit, die des Gehalts. Seine Funktion ist also eine völlig andere als die der Idee. Es ist nicht ein Medium, welches den Zusammenhang der Formen in sich birgt und aus sich bildet, sondern eine Einheit anderer Art. Erfaßbar ist es allein in einer begrenzten Vielheit reiner Inhalte, in die es sich zerlegt. In einem begrenzten, harmonischen Diskontinuum reiner Inhalte also manifestiert sich das Ideal. In dieser Auffassung berührt sich Goethe mit den Griechen. Die Idee der Musen unter der Hoheit Apollons ist von der Kunstphilosophie aus gedeutet die der reinen Inhalte aller Kunst. Die Griechen zählten solcher Inhalte neun, und gewiß war weder deren Art noch Zahl willkürlich bestimmt. Der Inbegriff der reinen Inhalte, das Ideal der Kunst, läßt sich also als das Musische bezeichnen. Wie die innere Struktur des Ideals eine unstetige im Gegensatz zur Idee ist, so ist auch der Zusammenhang dieses Ideals mit der Kunst nicht in einem Medium gegeben, sondern durch eine Brechung bezeichnet. Die reinen Inhalte als solche sind in keinem Werk zu finden. Goethe nennt sie die Urbilder. Die Werke können jene unsichtbaren – aber anschaulichen – Urbilder, deren Hüterinnen die Griechen unter dem Namen der Musen kannten, nicht erreichen, sie vermögen nur in mehr oder weniger hohem Grad ihnen zu gleichen. Dieses „Gleichen", welches die Beziehung der Werke zu den Urbildern bestimmt, ist vor einem verderblichen materialistischen Mißverständnis zu bewahren. Es kann prinzipiell nicht zur Gleichheit führen, und nicht durch Nachahmung kann es erreicht werden. Denn die Urbilder sind unsichtbar und das „Gleichen" bezeichnet eben die Beziehung des höchsten Wahrnehmbaren zum prinzipiell allein Anschaubaren. Dabei ist Gegenstand der Anschauung die Notwendigkeit des im Gefühl sich als rein ankündigenden Inhalts, vollständig wahrnehmbar zu werden. Das Vernehmen dieser Notwendigkeit ist das Anschauen. Das Ideal der Kunst als Gegenstand der Anschauung ist also notwendige Wahrnehmbarkeit – welche niemals im Kunstwerk selbst, als welches Gegenstand der Wahrnehmung bleibt, rein erscheint. – Für Goethe waren die Werke der Griechen unter allen diejenigen, welche den Urbildern am nächsten kamen, sie wurden ihm gleichsam zu relativen Urbildern, zu Vorbildern. Als Werke der Alten weisen diese Vorbilder eine doppelte Analogie zu den Urbildern selbst auf; sie sind wie diese im doppelten Sinn des Wortes vollendet; sie sind vollkommen und sie sind vollbracht. Denn nur das völlig abgeschlossene Gebilde kann Urbild sein. Nicht im ewigen Werden, in der schöpferischen Bewegung im Formenmedium liegt nach Goethes Auffassung der Urquell der Kunst. Die Kunst selbst schafft nicht ihre Urbilder – diese beruhen vor allem geschaffenen Werk in derjenigen Sphäre der Kunst, wo diese nicht Schöpfung, sondern Natur ist. Die Idee der Natur zu erfassen und sie damit tauglich zum Urbild der Kunst (zum reinen

Inhalt) zu machen, das war im letzten Grund Goethes Bemühen in der Ermittlung der Urphänomene. In einem tieferen Sinn kann also der Satz, das Kunstwerk bilde die Natur ab, richtig sein, wenn nur eben als Inhalt des Kunstwerks Natur selbst, nicht aber Naturwahrheit verstanden wird. Hieraus folgt, daß das Korrelat des Inhalts, das Dargestellte (also die Natur) nicht mit dem Inhalt verglichen werden kann. Der Begriff des „Dargestellten" ist doppelsinnig. Er hat hier nicht die Bedeutung von „die Darstellung", denn diese ist ja mit dem Inhalt identisch. Im übrigen faßt diese Stelle den Begriff der wahren Natur – im Anschluß an das oben über Anschauung Gesagte – ohne weiteres als identisch mit dem Bereich der Urbilder oder Urphänomene oder Ideale, ohne sich um den Begriff der Natur als eines Gegenstands der Wissenschaft zu kümmern. Es geht aber nicht an, ganz naiv den Begriff der Natur schlechterdings als einen der Kunsttheorie zu definieren. Vielmehr ist die Frage, wie der Wissenschaft Natur erscheint, dringend, und in ihrer Beantwortung würde der Begriff der Anschauung vielleicht nichts leisten. Er verbleibt nämlich innerhalb der Kunsttheorie (hier an dem Ort, wo das Verhältnis zwischen Werk und Urbild behandelt wird). Das Dargestellte kann nur im Werk gesehen, außerhalb desselben allein angeschaut werden. Ein naturwahrer Inhalt des Kunstwerks würde voraussetzen, daß die Natur der Maßstab sei, an dem er gemessen würde; dieser Inhalt selbst soll aber sichtbare Natur sein. Goethe denkt im Sinn der erhabenen Paradoxie jener alten Anekdote, nach der die Sperlinge auf die Trauben des großen griechischen Meisters flogen. Die Griechen waren keine Naturalisten, und die übermäßige Naturwahrheit, von der die

Erzählung berichtet, scheint nur eine großartige Umschreibung für die wahre Natur als Inhalt der Werke selbst. Hier käme nun allerdings alles auf die nähere Definition des Begriffes der „wahren Natur" an, indem diese „wahre" sichtbare Natur, welche den Inhalt des Kunstwerks ausmachen soll, nicht nur nicht mit der erscheinenden sichtbaren Natur der Welt ohne weiteres identifiziert, sondern vielmehr sogar zunächst streng begrifflich von ihr unterschieden werden muß, indem freilich danach dann das Problem einer tiefern essentiellen Identität der „wahren" sichtbaren Natur im Kunstwerk und der in den Erscheinungen der sichtbaren Natur präsenten (vielleicht unsichtbaren, nur anschaubaren, urphänomenalen) Natur sich stellen würde. Und dies würde möglicher und paradoxer Weise so sich lösen, daß nur in der Kunst, nicht aber in der Natur der Welt, die wahre, anschaubare, urphänomenale Natur abbildhaft sichtbar würde, während sie in der Natur der Welt zwar präsent aber verborgen (durch die Erscheinung überblendet) wäre.

Mit dieser Anschauungsweise ist es aber gesetzt, daß jedes einzelne Werk gewissermaßen zufällig besteht gegenüber dem Ideal der Kunst, mag man ihren reinen Inhalt nun das Musische oder die Natur nennen, weil man wie Goethe in ihr einen neuen musischen Kanon sucht. Denn jenes Ideal ist nicht geschaffen, sondern nach seiner erkenntnistheoretischen Bestimmung Idee im platonischen Sinne, in seiner Sphäre ist Einheit und Anfangslosigkeit, das Eleatisch Ruhende in der Kunst beschlossen. Wohl haben die einzelnen Werke an den Urbildern Anteil, aber einen Übergang aus ihrem Reich zu den Werken gibt es nicht, wie ein solcher im

Medium der Kunst, von der absoluten Form zu den einzelnen, wohl besteht. Im Verhältnis zum Ideal bleibt das einzelne Werk gleichsam Torso. Es ist eine vereinzelte Bemühung, das Urbild darzustellen, und nur als Vorbild kann es mit anderen seinesgleichen dauern, nie aber vermögen sie zur Einheit des Ideals selbst lebendig zusammenzuwachsen.

Über das Verhältnis der Werke zum Unbedingten und damit zu einander hat Goethe entsagend gedacht. Im romantischen Denken aber rebellierte alles gegen diese Lösung. Die Kunst war dasjenige Gebiet, in welchem die Romantik die unmittelbare Versöhnung des Bedingten mit dem Unbedingten am reinsten durchzuführen strebte. Friedrich Schlegel hat allerdings in seiner ersten Periode noch Goethes Auffassung nahegestanden und sie sehr prägnant formuliert, wenn er die griechische Kunst als diejenige bezeichnet, „deren besondere Geschichte die allgemeine Naturgeschichte der Kunst wäre“, und unmittelbar fortfährt: „... der Denker ... bedarf ... einer vollkommenen Anschauung. Teils als Beispiel und Beleg zu seinem Begriff, teils als Tatsache und Urkunde seiner Untersuchung ... Das reine Gesetz ist leer. Damit es ausgefüllt ... werde, bedarf es ... eines höchsten ästhetischen Urbildes ... kein anderes Wort als Nachahmung für die Handlung desjenigen ... der sich die Gesetzmäßigkeit jenes Urbildes zueignet“. Aber was Schlegel diese Lösung, je mehr er zu sich selbst kam, verbot, war, daß sie zu einer höchst bedingten Einschätzung des einzelnen Werkes führt. In der gleichen Abhandlung, in der sein werdender Standpunkt sich zu bestimmen strebt, stellt er Notwendigkeit, Unendlichkeit, Idee im Grunde schon der Nachbildung, der Vollkommenheit, dem Ideal gegenüber, wenn er sagt: „Die Zwecke des Menschen sind teils unendlich und notwendig, teils beschränkt und zufällig. Die Kunst ist daher ... eine freie Ideenkunst". Viel entschiedener heißt es dann von der Kunst um die Jahrhundertwende: Es „will ... jedes Glied in diesem höchsten Gebilde des menschlichen Geistes zugleich das Ganze sein, und wäre dieser Wunsch wirklich unerreichbar, wie uns ... Sophisten glauben machen wollen, so möchten wir nur lieber gleich das nichtige und verkehrte Beginnen ganz aufgeben". "Jedes Gedicht, jedes Werk soll das Ganze bedeuten, wirklich und in der Tat bedeuten und durch die Bedeutung ... auch wirklich und in der Tat sein". Die Aufhebung der Zufälligkeit, des Torsohaften der Werke ist die Intention in dem Formbegriff Friedrich Schlegels. Dem Ideal gegenüber ist der Torso eine legitime Gestalt, im Medium der Formen hat er keine Stelle. Das Kunstwerk darf nicht Torso, es muß bewegtes vergängliches Moment in der lebendigen transzendentalen Form sein. Indem es sich in seiner Form beschränkt, macht es sich in zufälliger Gestalt vergänglich, in vergehender Gestalt aber ewig durch Kritik.

Die Romantiker wollten die Gesetzmäßigkeit des Kunstwerks zur absoluten machen. Aber das Moment des Zufälligen ist nur mit der Auflösung des Werkes aufzulösen oder vielmehr in ein Gesetzmäßiges zu verwandeln. Daher haben die Romantiker folgerecht eine radikale Polemik gegen die Goethesche Lehre von der kanonischen Geltung der griechischen Werke führen müssen. Sie konnten Vorbilder, selbständig in sich geschlossene Werke, endgültig geprägte und der ewigen Progression enthobene Gebilde nicht anerkennen. Am übermütigsten und geistreichsten hat sich gegen Goethe Novalis gewandt: „Natur und Natureinsicht entstehen zugleich, wie Antike und Antikenkenntnis; denn man irrt sehr, wenn man glaubt, daß es Antiken gibt. Erst jetzt fängt die Antike an zu entstehen ... Der klassischen Literatur geht es wie der Antike; sie ist uns eigentlich nicht gegeben – sie ist nicht vorhanden – sondern sie soll von uns erst hervorgebracht werden. Durch fleißiges und geistvolles Studium der Alten entsteht erst eine klassische Literatur für uns – die die Alten selbst nicht hatten". "Man glaube nur auch nicht allzu steif, daß die Antike und das Vollendete gemacht sei; gemacht, was wir so gemacht nennen. Sie sind so gemacht, wie die Geliebte durch das verabredete Zeichen des Freundes in der Nacht, wie der Funken durch die Berührung der Leiter oder der Stern durch die Bewegung im Auge." Das heißt, sie entsteht nur, wo ein schöpferischer Geist sie erkennt, sie ist kein Faktum im Goetheschen Sinn. Die gleiche Behauptung lautet an anderer Stelle: „Die Antiken sind zugleich Produkte der Zukunft und der Vorzeit". Unmittelbar darauf: „Gibt es eine Zentralantike oder einen Universalgeist der Antiken?" Die Frage berührt sich mit Schlegels These von der werkhaften Einheit der antiken Poesie, und sie beide sind antiklassizistisch zu verstehen. – Wie die antiken Werke, so gilt es für Schlegel auch die antiken Gattungen in einander aufzulösen. „Umsonst war es, daß die Individuen das Ideal ihrer Gattung vollständig ausdrückten, wenn nicht auch die Gattungen selbst, streng und scharf isoliert, ... waren. Aber sich willkürlich bald in diese, bald in jene Sphäre ... versetzen ... das kann nur ein Geist, der ... ein ganzes System von Personen in sich enthält, und in dessen Innerem das Universum ... reif ... ist." Also: „Alle klassischen Dichtarten in ihrer strengen Reinheit sind jetzt lächerlich". Und endlich: „Man kann niemand zwingen, die Alten für klassisch zu halten oder für alt; das hängt zuletzt von Maximen ab".

Die Romantiker bestimmen die Relation der Kunstwerke zur Kunst als Unendlichkeit in der Allheit – das heißt: in der Allheit der Werke erfüllt sich die Unendlichkeit der Kunst; Goethe bestimmt sie als Einheit in der Vielheit – das heißt: in der Vielheit der Werke findet sich die Einheit der Kunst immer wieder. Jene Unendlichkeit ist die der reinen Form, diese Einheit die des reinen Inhalts. Die Frage des Verhältnisses der Goetheschen und der romantischen Kunsttheorie fällt also zusammen mit der Frage nach dem Verhältnis des reinen Inhalts zur reinen (und als solcher strengen) Form. In diese Sphäre ist die angesichts des Einzelwerks oft irreführend gestellte und dort niemals genau zu lösende Frage nach dem Verhältnis von Form und Inhalt zu erheben. Denn diese sind nicht Substrate im empirischen Gebilde, sondern relative Unterscheidungen an ihm, auf Grund notwendiger reiner Unterscheidungen der Kunstphilosophie getroffen. Die Idee der Kunst ist die Idee ihrer Form, wie ihr Ideal das Ideal ihres Inhalts ist. Die systematische Grundfrage der Kunstphilosophie läßt sich also auch als die Frage nach dem Verhältnis von Idee und Ideal der Kunst formulieren. Die Schwelle dieser Frage kann die vorliegende Untersuchung nicht überschreiten, sie konnte allein einen problemgeschichtlichen Zusammenhang soweit ausführen, bis er auf den systematischen mit völliger Klarheit deutete. Noch heute ist dieser Stand der deutschen Kunstphilosophie um 1800, wie er in den

Theorien Goethes und der Frühromantiker sich darstellt, legitim. Die Romantiker so wenig wie Goethe haben diese Frage gelöst, ja auch nur gestellt. Sie wirken zusammen, um sie dem problemgeschichtlichen Denken vorzustellen. Nur das systematische kann sie lösen. – Die Romantiker haben es, wie schon betont wurde, nicht vermocht, das Ideal der Kunst zu erfassen. Es erübrigt zu bemerken, daß Goethes Lösung des Formproblems an philosophischer Tragweite seine Bestimmung des Inhalts der Kunst nicht erreicht. Die Kunstform interpretiert Goethe als Stil. Er hat jedoch im Stil nur dadurch das Formprinzip des Kunstwerks gesehen, daß er einen mehr oder weniger historisch bestimmten Stil ins Auge faßte: die Darstellung typisierender Art. Für die bildende Kunst repräsentierten ihn die Griechen, für die Poesie strebte er selbst dessen Vorbild aufzustellen. Aber trotzdem der Inhalt des Werkes das Urbild ist, braucht dennoch der Typus seine Form keineswegs zu bestimmen. Im Stilbegriff hat also Goethe nicht eine philosophische Klärung des Formproblems, sondern nur einen Hinweis auf das Maßgebende gewisser Vorbilder gegeben. Damit ist die Intention, die ihm die Tiefe des Inhaltsproblems der Kunst erschlossen hat, vor dem Formproblem zur Quelle eines sublimen Naturalismus geworden. Indem auch der Form gegenüber ein Urbild, eine Natur sich ausweisen sollte, mußte zum Urbild der Form – da die Natur an sich dies nicht sein konnte – gleichsam eine Kunstnatur – denn das ist der Stil in diesem Sinne – gemacht werden. Sehr scharf hat Novalis das gesehen. Ablehnend nennt er es Goethisch: „die Antiken sind aus einer anderen Welt, sie sind wie vom Himmel gefallen“ . Er bezeichnet damit in der Tat das Wesen dieser Kunstnatur, die Goethe im Stil als Urbild vorstellt. Der Begriff des Urbildes verliert aber für das Formproblem, sobald er als dessen Lösung gedacht werden soll, seinen Sinn. Das Problem der Kunst nach seinem ganzen Umfang, nach Form und Inhalt durch den Begriff des Urbildes zu umschreiben, ist das Vorrecht der antiken Denker, welche die tiefsten Fragen der Philosophie bisweilen in Gestalt mythischer Lösungen stellen. Einen Mythus erzählt letzten Endes auch Goethes Stilbegriff. Der Einwand gegen ihn ließe sich auch auf Grund der in ihm waltenden Ungeschiedenheit von Darstellungsform und absoluter Form erheben. Denn von dem erwogenen Formproblem als der Frage nach der absoluten Form bleibt die nach der Darstellungsform zu unterscheiden. Es bedarf übrigens kaum der Betonung, daß diese letzte bei Goethe eine gänzlich andere Bedeutung hat, als bei den Frühromantikern. Sie ist das die Schönheit begründende Maß, welches in Erscheinung tritt im Gehalt. Der Begriff des Maßes liegt der Romantik, welche kein a priori des Inhalts, kein Abzumessendes in der Kunst achtete, fern. Sie verwirft mit dem Begriff der Schönheit nicht allein die Regel, sondern auch das Maß, und nicht sowohl regellos als maßlos ist ihre Dichtung.

Goethes Kunsttheorie läßt nicht nur das Problem der absoluten Form ungelöst, sondern auch das der Kritik. Während sie aber das erste in verschleierter Form anerkennt und berufen ist, die Größe dieser Frage auszudrücken, scheint sie das letzte zu negieren. Kritik am Kunstwerk ist in der Tat nach Goethes letzter Intention weder möglich noch notwendig. Nötig mag allenfalls ein Hinweis auf das Gute, Warnung vor dem Schlechten sein, und möglich ist das apodiktische Urteil über Werke dem Künstler, der eine Anschauung vom Urbild hat. Aber die Kritisierbarkeit als ein wesentliches Moment am Kunstwerk anzuerkennen, verweigert Goethe. Methodische, d. h. sachlich notwendige, Kritik ist von seinem Standpunkt aus unmöglich. In der romantischen Kunst aber ist Kritik nicht allein möglich und notwendig, sondern unausweislich liegt in ihrer Theorie die Paradoxie einer höheren Einschätzung der Kritik als des Werkes. Die Romantiker kennen denn auch in ihren Kritiken kein Bewußtsein von dem Range, welchen der Dichter über dem Rezensenten einnimmt. Die Ausbildung der Kritik und der Formen, in welchen beiden sie die größten Verdienste erworben haben, sind als tiefste Tendenzen in ihrer Theorie angelegt. Sie haben also hierin Einhelligkeit in Tat und Gedanken völlig erreicht und eben das erfüllt, was ihnen als das Höchste nach ihren Überzeugungen galt. Der Mangel dichterischer Produktivität, mit dem man besonders Friedrich Schlegel bisweilen zeichnet, gehört im strengen Sinne in sein Bild nicht hinein. Denn er wollte in erster Linie nicht Dichter im Sinne des Werkbildners sein. Die Absolutierung des geschaffenen Werkes, das kritische Verfahren, war ihm das Höchste. Es läßt sich in einem Bilde versinnlichen als die Erzeugung der Blendung im Werk. Diese Blendung – das nüchterne Licht – macht die Vielheit der Werke verlöschen. Es ist die Idee.

Verzeichnis der zitierten Schriften

Johann Gottlieb Fichte: Sämmtliche Werke. Herausgegeben von I. H. Fichte. 9 Bde. in 3 Abt. Berlin 1845-1846. cit Fichte (es handelt sich stets nur um den ersten Band).

Friedrich Schlegel: 1794-1802. Seine prosaischen Jugendschriften. Herausgegeben von J. Minor. 2 Bde. Wien 1906 (2. ((Titel-))Auflage). cit Jugendschriften (jedoch sind die Fragmente aus dem Lyzeum und Athenäum, sowie die Ideen, mit L bzw. A und I mit nachfolgender Angabe der Nummer, welche sie bei Minor haben, zitiert).

Philosophische Vorlesungen aus den Jahren 1804 bis 1806. Nebst Fragmenten vorzüglich philosophisch-theologischen Inhalts. Herausgegeben von C. J. H. Windischmann. Supplemente zu Fried, v. Schlegel's sämmtlichen Werken. 4 Teile in 2 Bdn. Bonn 1846 (2. Ausgabe). cit Vorlesungen (es handelt sich stets um den zweiten Band).

Lucinde. Ein Roman. Universal-Bibliothek. 320. Leipzig o.J. cit Lucinde.

August Wilhelm und Friedrich Schlegel. In Auswahl herausgegeben von Oskar F. Walzel. Stuttgart (Deutsche National-Litteratur. Herausgegeben von Joseph Kürschner. Bd. 143). cit Kürschner.

Friedrich Schlegels Briefe an seinen Bruder August Wilhelm. Herausgegeben von Oskar F. Walzel. Berlin 1890. cit Briefe.

Novalis: Schriften. Kritische Neuausgabe auf Grund des handschriftlichen Nachlasses von Ernst Heilborn. 2 Bde. Berlin 1901. cit Schriften (es handelt sich stets um den zweiten Band).

Briefwechsel mit Friedrich und August Wilhelm, Charlotte und Caroline Schlegel. Herausgegeben von J. M. Raich. Mainz 1880. cit Briefwechsel.

Aus *Schleiermacher's* Leben. In Briefen. Zum Druck vorbereitet von Ludwig Jonas, nach dessen Tode herausgegeben von Wilhelm Dilthey. 4 Bde. Berlin 1858-1863. cit ebenso.

Wilhelm Dilthey: Leben *Schleiermachers.* Bd. 1. Dabei: Denkmale der innern Entwicklung Schleiermachers. Berlin 1870. cit ebenso.

Caroline. Briefe an ihre Geschwister, ihre Tochter Auguste, die Familie Gotter, F.L.W. Meyer, A.W. und Fr. Schlegel, J. Schelling u.a. nebst Briefen von A.W. und Fr. Schlegel u.a. Herausgegeben von G. Waitz. 2 Bde. Leipzig 1871. cit ebenso.

Goethe: Werke. Herausgegeben im Auftrage der Großherzogin Sophie von Sachsen. 4 Abt. Weimar 1887-1914. cit WA.

Hölderlin: Sämtliche Werke. Historisch-kritische Ausgabe. Unter Mitarbeit von Friedrich Seebaß besorgt durch Norbert v. Hellingrath. 6 Bde. (bisher erschienen 3 Bde.). München, Leipzig 1913-1916. cit Hölderlin.

Untreue der Weisheit. Ungedruckte Handschrift aus den Sammlungen auf Stift Neuburg. In: „Das Reich“. Vierteljahresschrift. 1. Jahrgang, München 1916 (einziger Druck), cit ebenso.

Literatur nach den Autoren zitiert

Siegbert Elkuß: Zur Beurteilung der Romantik und zur Kritik ihrer Erforschung. Herausgegeben von Franz Schultz. München, Berlin 1918. (Historische Bibliothek. Bd. 39).

Carl Enders: Friedrich Schlegel. Die Quellen seines Wesens und Werdens. Leipzig 1913.

R. Haym: Die Romantische Schule. Ein Beitrag zur Geschichte des deutschen Geistes. Berlin 1870.

Ricarda Huch: Blüthezeit der Romantik. Leipzig 1901 (2., unveränderte Ausgabe).

Erwin Kircher: Philosophie der Romantik. Aus dem Nachlaß herausgegeben. Jena 1906.

Paul Lerch: Friedrich Schlegels philosophische Anschauungen in ihrer Entwicklung und systematischen Ausgestaltung. Berlin 1905, Erlanger Diss.

Frieda Margolin: Die Theorie des Romans in der Frühromantik. Stuttgart 1909, Berner Diss.

Charlotte Pingoud: Grundlinien der ästhetischen Doktrin Fr. Schlegels. Stuttgart 1914, Münchener Diss.

Max Pulver: Romantische Ironie und romantische Komödie. St. Gallen 1912, Freiburger Diss.

Elisabeth Rotten: Goethes Urphänomen und die platonische Idee. Gießen 1913. (Philosophische Arbeiten herausgegeben von Hermann Cohen und Paul Natorp. Bd. 8, I. Heft).

Heinrich Simon: Die theoretischen Grundlagen des magischen Idealismus von Novalis. Heidelberg 1905, Freiburger Diss.

Wilhelm Windelband: Die Geschichte der neueren Philosophie in ihrem Zusammenhange mit der allgemeinen Kultur und den besonderen Wissenschaften. Bd. 2: Die Blütezeit der deutschen Philosophie. Von Kant bis Hegel und Herbart. Leipzig 1911 (5. Auflage).